무엇이든 해낼 당신에게

무엇이든 해낼

_____ 에게

_____ 가

＊

작가의 말

그간 짧지도 길지도 않은 시간 동안 기록했던 것들이 이제는 세상으로 나옵니다. 여기엔 삶이 버거울 때나 관계에 지쳤을 때, 그리고 매일 행복할 수는 없으니 자주 웃으려고 노력하면서 느꼈던 것과 단상을 옮겨 적었습니다.

글을 쓰는 동안에도 여전히 사는 건 어려웠습니다. 일이나 관계에 지치고, 사랑에 무너지기도 하면서 다가오지 않은 내일을 마냥 두려워했습니다. '과연 내 책을 읽어주실까.', '공감과 위로가 많은 사람에게 가닿을 수 있을까.', '더 좋은 글을 써내야 하는데.' 같은 불안과 걱정에 휘둘려 힘들기도 했고요. 혹 내가 너무 잘하려고만 하는 게 아닌지, 잘 살아 내려고 스스로를 가혹하게 대하고 있는 건 아닌지, 저를 돌아보는 시간이기도 했습니다.

삶은 선택과 무너짐의 연속이라는 말이 있습니다. 저는 문득 이런 생각이 듭니다. 사는 건 생각처럼 녹록지 않아서 때론 방황도 하고 하루가 버겁게 느껴지기도 하지만 결국 조금 더 나은 내가 되기 위한 하나의 성장통이지 않을까 하는 생각이요. 물론 무엇이든 잘하고 싶고 이왕이면 남들보다 잘 살고 싶은 마음도 이해되지만, 모든 게 처음인 우리는 좌절과 극복을 거듭하면서 마침내 천천히 성장하는 게 아닐까요.

그냥 사는 것도 힘든데 일어나지도 않은 일을 두려워하거나 너무 과한 걱정에 휘둘리면서 더 힘들어하지 않았으면 합니다. 부디 이 책에서 당신의 삶을 전보다 여유롭게 만들어 줄 수 있는 문장과 마주하길 바랍니다.

✳

목 차

내가 너를 믿고 있어 … 지금 가장 중요한 것 … 그
런 당신이지만 … 잘하고 싶고 잘해야 하는 것 …
자신을 돌보는 일 … 도망가자 … 비록 작은 것일
지라도 … 매일은 아니어도 틈틈이 … 내일에 대
응하는 마음 … 사람은 고쳐 쓰는 거야 … 하찮은
인생은 없으니 … 나의 길 … 나비 효과 … 행복은
당신 거예요 … 당신에게 행복은 … 가끔 기댈 줄
도 아는 사람 … 나도 그래 … 삶은 리얼리티 예능
처럼 … 누구나 적당하게 살아가니까 … 필요한 위
로 … 정리하지 말고 덜어 내세요 … 애써 감당하
지 않기를 … 마음의 여백 … 꽉 찬 평범함 … 처
음을 대하는 태도 … 적절한 처방 … 균형을 맞추
는 것뿐이에요 … 기특해하는 시간 … 사는 게 뭐
별거라고 … 좋은 게 좋은 것 … 당신, 참 잘하고
있습니다

Part 2

때로는 채우고
때로는 비우고

Part 3

함께일 때
행복하고 싶다면

Part 4

스치면 인연
스며들면 사랑

내게 웃음이란 … 얼마나 사랑하냐면 … 당신 덕
분에 … 예뻐 보이고 싶으니까 … 사랑이 느껴지는
순간들 … 우리가 사랑일 수 있는 건 … 행복 중에
으뜸 … 별안간에 … 내 삶은 내가 사는 거니까 …
고등어조림 … 낙서 … 바라보다 … 쌈지 속 낭만
… 반짝이는 순간들 … 마음을 떼어 준다는 것 …
장대비 같은 마음 … 그 사람만의 향기를 맡는 것
… 사랑이란 … 진심을 향한 용기 … 사랑해

Part 1.

지금도 충분히
　　　　잘하고 있잖아요

내가 너를 믿고 있어

목표를 이루기 위한 노력에 확신이 없어질 때가 있다. 열심히 하고 있지만 성과를 눈으로 확인할 수 없어서 제자리걸음 하고 있는 느낌, 앞으로 얼마나 더 가야 원하는 곳에 발을 디딜 수 있을까 하는 막연함. 최선을 다했던 지난날에 회의감이 들면서 자신에 대한 믿음이 깨져 버리곤 한다.

이처럼 스스로에게 확신이 서지 않을 땐 그동안 노력해 온 모습을 지켜봐 준 주위 사람들을 믿어 보는 게 어떨까. 내가 보지 못하는 내 모습을 봐 주는 사람들이니까. 지금도 여전히 곁에서 응원해 주고 있으니까.

술잔 부딪치며 다독여 주는 친구들, 옆에서 말없이 응원해 주는 가족들을 믿어 보자. 지금도 충분히 잘하고 있고 앞으로도 분명 잘 해낼 것이라고 나 또한,

당신을 믿고 있다.

지금 가장 중요한 것

바쁘게 살수록 잘 사는 것이라고 생각했습니다. 남들보다 조금 더 일해서 저축도 많이 하고 잠자는 동안 재능이 죽어 간다는 생각에 밤낮으로 고군분투했습니다. 글쓰기에 발을 담근 후부터 아슬아슬한 외줄 타기의 연속이었습니다. 내가 사는 세상의 범위를 넓혀야 한다는 마음에 책으로 시작해서 펜으로 끝나는 하루를 보냈고, 주말엔 약속도 잡지 않고 구슬땀 흘리며 작업실로 향했습니다. 그렇게 자그마치 3년, 그간 잘 살고 행복하기 위해서 멈추지 않는 날을 보냈습니다. 이게 잘못됐다고 생각해 본 적은 없었습니다.

어느 날, 한 사람이 제게 여전히 바쁘게 사냐고 물었습니다. 먹고살려면 힘들어도 해야 하지 않겠냐고 대답했습니다. 그때 들었던 말에 번뜩 정신이 들었습니다. 잘 살려고 사는 게 아니라 지금 당장 잘 사는 게 중요한 거라고 하시더군요.

지금도 충분히

어쩌면 바쁘게 사는 동안 되려 행복할 수 있는 것들을 잊고 살았는지도 모르겠습니다. 이를테면 미뤘던 친구와의 약속이라든가 내가 즐거울 수 있는 취미 같은, 나를 나답게 만들어 주는 일들이요. 행복하기 위함을 삶의 지표로 두지만, 그전에 내가 무너져 버리면 그게 다 무슨 소용이겠습니까.

행복은 좇는 게 아니라 내 발치에서 만들어 간다는 말이 있습니다. 오늘 하루 내가 즐거웠다면 행복은 자연스럽게 따라오는 것입니다.

그런 당신이지만

얼핏 괜찮아 보이지만 당신에게도 드러나지 않은 그늘
진 마음이 있다는 것을 안다.

항상 웃음이 넘치는 당신이지만 혼자 감당하기 벅찬 근
심 걱정이 속을 어지러이 만들고 있다는 것을 안다.

당신이 속으로 흘린 눈물 자국을 볼 때마다 내가 큰 힘
이 되지 못하는 것 같아 속상하지만,

인색한 세상 속에도 당신의 힘듦을
알아주는 사람이 한 명쯤 있다는 것.
따뜻한 온기로 품어 줄 사람이 있다는 것.
그 사실을 기억해 주면 좋겠다.

언제라도 좋으니 더는 버티기 힘들 땐
내게 기대서 위로가 됐으면 좋겠다.

지금도 충분히

잘하고 싶고 잘해야 하는 것

우리는 왜 모든 일에 '잘'이라는 말을 앞장세워 꼭 해내려고 열을 내는 걸까. 그래서 스스로를 몰아세우느라 마음이 편치 못한 삶을 사는 것일까. 일도 관계도 사랑도 완벽할 수 없는 건데. 어떤 때는 원하는 대로, 생각대로 되지 않을 때도 있는 건데 말이다.

삶의 모든 순간을 잘 살려고 애쓰는 것만큼 피곤한 게 또 있을까. 이런 사실을 부정하지 않고 받아들여야 아찔하게 흐르는 시간 속에서도 가끔은 쉬어 갈 틈이 생기기 마련이다.

부디 '잘'이라는 말에 집착하지 말자. 너무 치열하게 살지 말자. 삶에서 가장 잘해야 하는 건 오래 달려갈 수 있도록 호흡을 가다듬고 여유를 가지는 것이다.

자신을 돌보는 일

열심히 한 만큼 쉬는 것도 중요한데 여태 제대로 쉬는 법을 모르고 살았다. 몸이 아플 때 약을 챙겨 먹는 것처럼 마음 내벽에 생긴 보풀을 제거하는 방법을.

과연 다른 사람들은 본인의 웃음이 어디쯤 있는지 알고 있을까? 누구도 대신해 주지 않는 자신을 돌보는 일을 자주 하고 있을까? 하루가 너무 고돼서, 바쁘다는 이유로 은연중 소홀해지고 있지는 않을까.

힘들고 지친 만큼 행복한 시간을 갖는 건 정말 중요하다. '어떻게든 되겠지.' 하고 방치했다간 금세 몸과 마음이 고장 날 테고 무심코 넘어간 신음들은 훗날 호되게 돌아올 테니까. 자신을 돌보는 것도 일처럼 열심히, 진심으로, 세심하게 관여해야 한다. 무엇이 나를 웃게 하는지, 괜찮지 않은 건 어떻게 하면 괜찮아지는지 모른다는 것만큼 나태한 것도 없다고 생각한다. 나만큼 나를 잘 아는 사람은 없을 테니까.

도망가자

가끔은 도망치며 살자.
나를 웃게 하는 것들이
가득 있는 곳으로.

산다는 건 결국
나아간다는 말이지만
힘들면 숨 고를 여유쯤은
가질 법한데
잠시 멈춰 서는 걸
왜 그리 어렵게 생각할까.
뒤를 돌아보는 여유도
삶에 있어서 필요한 부분인 것을.

우리 너무 애만 쓰며 살지 말자.
산이든 바다든 누군가의 품이든
마음껏 웃고 떠들면서

고민과 걱정을
내려놓을 수 있는 곳이라면
어디든 좋다.

빠듯한 삶이지만
그럼에도 버틸 수 있는 건
그 잠깐의 여유가 있기 때문일 테니.

가끔은 우리, 도망치며 살자.

지금도 충분히

비록 작은 것일지라도

제가 처음 돈을 벌기 시작했을 때, 어머니가 이런 말씀을 하셨어요.

"네가 백만 원을 벌든 천만 원을 벌든 더도 말고 1년짜리 적금으로 십만 원씩만 모아라."

이유는 단순했습니다. 적금 만기가 됐을 때 뭘 할 수 있을 만큼 금액이 크진 않더라도 중간에 해지하지 않고 해냈다는 성취감을 느껴 봐야 한다고. 그럼 다음부터는 더 큰 금액도, 더 긴 계약 기간도 해낼 수 있다고. 돈은 그렇게 모으는 거라고 하셨습니다.

목표라는 건 그래요. 처음부터 무리하게 목표를 세우는 건 치팅데이 없는 다이어트와 같아요. 최선을 다해도 뚜렷하게 보이는 게 없어서 무너지기 쉽습니다. 결심이 클수록 견뎌야 하는 무게도 큰 법이니까요.

당장 억 소리 나는 자동차를 살 만큼 큰돈을 벌 수는 없지만, 아침에 5분 일찍 일어나 스트레칭을 하는 것처럼 어렵지 않게 달성할 수 있는 목표들은 많습니다. 이렇게 작은 결심들로 자존감을 높이면 언젠가 그것들이 모여 더 오래 달려갈 힘이 되고 디딤돌이 될 것입니다.

기회는 준비되지 않은 사람에겐
찾아오지 않는다.
기회가 왔다는 건 아무리 힘들어도
포기하지 않았다는 것이고
무지개를 보기 위해
소나기를 버텨 냈다는 것이다.

그러니 잊지 말아라.
목표를 가지고 꾸준히 나아간다면,
매 순간 더 나은
내가 되기 위해 노력한다면,
당신이 꿈꾸던 목표는 어느새
자신의 것이 된다는 것을.

매일은 아니어도 틈틈이

'행복하자'는 말은 자주 하지만
행복이 어떤 건지 아는 게 우선이지.

잠 잘 자고 밥 잘 먹고
바빠서 미뤘던 친구들도 만나고
틈틈이 내가 즐거울 수 있는 것도 하고.

이게 별거 아닌 것 같지만
누구에게나 웃음을 주는 것들이니까.
이거야말로 소소하지만 확실한 행복이지.

매일은 아니어도 틈틈이 행복해지자, 우리.

내일에 대응하는 마음

　사람들은 새해가 되면 점쟁이에게 올해 금전 운이나 연애 운을 보며 불확실한 미래를 예측합니다. 어머니도 해마다 제 점괘를 보고 와서 이야기해 주시는데요. 가끔 마주하는 현실이 힘들 땐 위로쯤으로 들리기도 했으나 점쟁이들의 말은 하나같이 크게 다를 것 없었습니다. 올해부터는 일이 잘 풀린다든가 결혼 상대를 만나게 된다든가 인생에 크게 도움이 될 귀인을 만날 수 있으니 항상 염두에 두고 있으라는 말이 대부분이었습니다.

　대개 저는 점괘를 믿지 않는 편입니다. '일이 잘 안 풀리면? 관계가 틀어지면 어떻게 하지? 이 사람이 귀인일까, 저 사람일까?' 오히려 신경 쓰지 않았던 것까지 신경 쓰게 되고, 괜한 예측으로 인해 생각에 없던 두려움이 마중 나오는 것 같아서 지금 할 수 있는 일에 집중하려고 노력합니다. 현재에 최선을 다해도 계획대로 되지 않는 것이

인생인데 일어나지도 않은 일로 하여금 지금의 나를 힘들게 할 필요는 없으니까요.

　살다 보면 내 뜻과 다르게 넘어질 때도 있고 미리 알지 못해 속상하고 억울한 일이 생길 수도 있습니다. 차라리 사랑하지 말걸, 후회하며 아픈 이별을 겪기도 하고 참 별로라고 생각했던 사람이 괜찮게 느껴지는 순간이 오기도 합니다. 이처럼 내가 어쩌지도 못하고 이유를 물을 수도 없는 삶 앞에서 우리가 해야 하는 건 미래를 예측하는 것이 아니라 일어나는 일에 맞춰 대응하는 것이지 않을까요. 그러다 보면 처음부터 맞지 않았던 것도 노력으로 점점 맞아 갈 수도, 불확실함 속에서 오는 기쁨으로 언제든 삶이 뒤집힐 수도 있으니까요.

　일, 사랑, 관계, 더불어 다른 모든 것의 가능성에 대해서 내일의 답을 얻으려다 오늘을 망치지 않았으면 좋겠습니다. 매 순간, 현재를 살며 내일에 대응하는 마음. 지금껏 그래 왔던 것처럼 앞으로도 그렇게 나아가기를 바랍니다.

사람은 고쳐 쓰는 거야

'여기서 24년을 살았네.'

제 방 창문이 보이는 벤치에 앉아서 한 생각입니다. 종종 생각이 많아질 때면 집 주변을 걸으며 생각을 덜어 내곤 했는데, 오늘은 날씨가 좋아서 가벼운 마음으로 산책했습니다. 이곳에 처음 이사 왔을 땐 가장 가까운 마트가 어디에 있는지, 문구점은 어디에 있는지, 산책하기 좋은 공원이 있는지를 알아 가며 여행하듯 설레는 마음으로 매일 걷고는 했습니다. 이제는 제 행동반경에 모든 것이 스미면서 자연스럽게 익숙해졌습니다.

그렇게 익숙해진 동네에서 오래 살아서인지 때때로 새로운 간판을 볼 때면 마치 낯선 공간에 와 있는 기분이 들기도 했습니다. 이를테면 책과 비디오를 빌리던 곳이 어느새 꽃집이 되어 있을 때, 친구와 캔 음료를 마시며 시간을 보내던 공원의 바닥이 하루아침에 모래에서 우레탄으로 바뀌어 있을 때요. 한번 익숙해지면 끝이라고 생각했는데, 주변에는 새롭게 바뀌는 것들이 꽤 많았습니다. 마음에 들었던 식당이 장난감 가게로 바뀌었을 땐 아쉽기도 했지만, 어쩐지 처음 이사 왔을 적 하나씩 알아 가며 걷던 시간이 생각나서 내심 설레는 기분이 들기도 했습니다. 어쩌면 여전히 새로운 것을 접할 수 있다는 게 좋았는지도 모르겠습니다.

그러니까 때때로 변화는 장소만이 아니라 사람에게도 필요하지 않을까요. 삶이 지루하다고 느껴지는 순간에 해보지 않은 것을 해 보는 것만으로도 익숙한 삶의 반경을 넓혀 주기도, 그것으로 설렘을 느끼고 무미건조한 하루를 환기시켜 줄 수도 있으니까요. 이제는 사람은 변하지 않으니 고쳐 쓰는 거 아니라는 말, 함부로 하지 않아야겠습니다. 반복되는 일상에서 우리가 변하고자 한다면 비로소 삶이 재밌게 낯설고, 즐거울 수 있을 겁니다.

하찮은 인생은 없으니

화려하고 예쁜 꽃다발에는 대부분 안개꽃이 배경이 되어 준다. 특별하게 아름답다고 말할 수는 없지만, 다발의 빈자리를 메꿔서 더욱 풍성하게 만들어 주기도, 빨갛고 노란 꽃과 대비되는 색감으로 그들의 존재를 더 돋보이게 해 주기도 한다.

하지만 크게 주목받지 못한다고 해서 안개꽃의 가치가 작은 건 아니다. '순수한 마음', '사랑의 결실'이라는 꽃말을 가진, 곱고 소중한 하나의 꽃이다.

세상엔 다양한 종류와 색색의 꽃이 있듯 여러 삶이 존재하지만, 그중 하찮거나 쓸모없는 인생은 없다. 어느 곳에서든 매 순간이 화려하고 찬란하지는 못해도 존재 자체로 이미 충분한 가치가 있다는 것. 의미 있는 삶을 살고 있다는 것. 자기 자신도 빛이 나고 소중한 사람이라는 사실을 잊지 않았으면 한다.

지금도 충분히

나의 길

흔히 이야기하듯, 삶에는 정답이 없다. 다만, 조금 더 살아 본 사람이 옳다고 하는 것들을 보면 도움은 되는 것 같지만 그게 과연 내게도 정답이고 가야 하는 길일까.

내가 어릴 땐 공부만이 살길이고 좋은 회사에 다니면서 많이 버는 게 행복이라는 말을 들으며 자랐다. 하지만 지금은 꿈이 무엇이냐에 따라서 선택하는 길이 달라지는 세상이다. 그러니 남들이 하는 말에 휘둘리지 않기를. 선택이 반복되는 삶에서 매번 정답일 수는 없겠으나 마음에 드는 결정을 하며 후회 없는 길을 걷기를 바란다.

우리가 가져야 할 건 인생의 참고서가 아니라 의미 있는 삶이었다고, 고생했다고 스스로에게 말해 줄 수 있는 다정함이라는 걸 잊지 말기를.

나비 효과

아침에 눈을 뜬 순간부터 잠들기 전까지 우리가 할 수 있는 일은 얼마 되지 않는다. 오전에 끼니를 거른다고 오후엔 다이어트에 성공하는 게 아닌 것처럼, 화분에 물을 자주 줘도 금세 꽃이 피지 않는 것처럼. 24시간이라는 제한된 시간 속에서 우리가 할 수 있는 일은 매우 하찮을지도 모른다.

하지만 이런 작은 일들이 계속되면 가늠하기 어려울 만큼이나 큰일이 될 수가 있다. 하늘하늘 가벼운 나비의 날갯짓이 지구 반대편으로 건너가 태풍을 만들어 내듯이 미세한 변화가 계속해서 발생하면 예측할 수 없는 일을 만들어 낸다. 그러니까 짧은 시간에 무언가를 이뤄 내지 못했다고 낙심할 필요도, 조급해할 필요도 없다. 작은 것부터 하나씩 하나씩 천천히 해 나가면 되는 것이다. 자신의 꿈과 신념, 그리고 미래를 믿으면서.

행복은 당신 거예요

처음으로 사랑이라는 감정을 느낀 건 초등학교 3학년 때였습니다. 사랑이라는 표현이 조금 어색할 만큼 어린 나이였지만, 그때의 저는 그 아이를 무척 좋아했습니다. 한창 잠투정이 많을 나이인데도 알람이 울리자마자 벌떡 일어나 학교로 달려갔고, 주말인지도 모른 채 싱글벙글 웃으며 학교 갈 준비를 하기도 했으니까요. 그리고 조금이라도 관심을 끌어 보려고 어머니를 조르고 졸라 그 아이가 좋아했던 유명 연예인의 머리 스타일을 따라 하기도 했습니다.

한번은 그 아이를 포함해서 다른 친구 여럿과 놀이공원에 다녀온 적이 있습니다. 복잡한 지하철을 여러 번 갈아타고 먼 서울까지, 고작 10살짜리 네 명이서요. 다시 생각해 봐도 어떻게 거기까지 다녀왔나 싶어 놀랍다가도 가끔 생각하면 웃음이 나서 종종 꺼내 보는 추억이 됐습니다.

비록 단둘이 오붓하게 다녀온 건 아니었지만 약속 전날 밤은 너무 설레서 잠도 설친 데다가 심장 소리가 밖으로 새어 나올 만큼 크게 쿵쾅거리기도 했습니다. 아마 놀이공원 때문이라기보다 그 아이와 함께한다는 사실이 설렜던 거겠지요. 어쩌면 조금 더 가까운 사이가 되지 않을까 살짝 기대도 했던 것 같습니다.

하지만 마음처럼 좋은 시간을 좋은 시간으로 보내지는 못했습니다. 끝나지 않기를 바랐던 시간이라서였을까요. 마치 감당할 수 없을 만큼 누군가를 사랑하면 한편으로 이별에 대한 두려움이 맥을 같이 하는 것처럼, 그 아이가 즐거워하는 모습을 보면 덩달아 좋다가도 금세 마음이 불편해졌습니다. 하물며 화려한 행렬의 퍼레이드를 볼 때는 놀이 기구 하나라도 더 탈걸, 솜사탕도 사 주고 구슬 아이스크림도 사 줄걸 등 뭐 하나라도 더 해 주지 못한 게 아쉬워서 한숨만 푹푹 내쉬며 낙담하고 후회하기 바빴습니다. 이런 시간이 언제 또 있을지 모르니까, 실컷 누리고 즐겁게 보내기에도 부족한데 초조해만 하다가 끝이 나 버렸습니다.

생각해 보면 지난 내 사랑, 연애들은 모두 이런 식이었습니다. 누군가를 좋아하면 그 사람 생각에 잠도 설치고

지금도 충분히

심장 뛰는 소리가 너무 커서 자주 곤란해지기도 했습니다. 그러다 연인이 되면 정말 잘해 주고 싶어서, 내가 해 줄 수 있는 건 다 해 주고도 더 주지 못해 안타까워하는 그런 사람이었습니다. 하지만 한편으로는 그 사람이 행복해하는 모습을 보며 이 시간이 언제까지 이어질까 싶어 속으로 초조해하느라 마냥 행복하지만은 않았습니다.

이것은 비단 저의 사랑 문제만은 아닐 겁니다. 우리는 항상 행복하기를 바라며 살고 있지만 어째서인지 그 순간이 오면 종종 '이래도 괜찮은 건가?', '이렇게 행복해도 되는 건가?' 하며 어색해하고 때론 의심하기도 합니다. 제발 오지 않았으면 하는 불안은 저 먼 미래에서도 기어이 데려오면서 말이죠.

어쩌면 제 사랑 방식은 앞으로도 크게 변하지 않을지도 모릅니다. 해 줄 수 있는 건 다 해 주고, 더 주지 못해 안타까워하겠지요. 하지만 이제는 행복이 다가오는 순간에 집중하고 즐길 수 있는 사람이 돼야겠습니다. 다가오는 행복을 앞에 두고 외면하지 않는, 마다하지 않는 사람이. 행복을 뒤로 미루지 않을 겁니다. 두렵지 않습니다. 나는, 우리 모두에게는 행복할 자격이 있으니까요.

다가오는 행복을 앞에 두고
두려워하지 않는 사람이 되자.
의심하지 않고 뒤로 미루지도 말고
외면하지 않는 사람.

나도, 당신도
우리 모두 행복할 자격이 있는 사람이니까.

✴ ✕ ✛

당신에게 행복은

모든 사람은 대체로 소소한 것에서 행복을 느끼고 있습니다. 단지 그것을 보지 못하고 있을 뿐이에요.

저에게 행복은 얼음 가득 넣은 커피의 첫 모금이나 집에서 보는 영화 한 편 같은 것입니다. 항상 곁에 둘 수 있는 것들이요.

사람 사는 게 다 다르듯, 저마다 행복의 모습도 다를 겁니다. 그것을 찾아내는 건 자신의 몫이에요.

행복을 찾는 것에 시간과 노력을 아끼지 않기를 바랍니다. 이왕이면 우리 모두가 행복한 날을 보냈으면 좋겠습니다.

지금도 충분히

가끔 기댈 줄도 아는 사람

예전에는 힘든 마음을 터놓지 않으려 애를 썼다. 나를 위해 주는 사람들이 항상 곁에 있었지만 안 좋은 감정이 전염될까 봐, 그들의 마음까지 지치게 할까 봐 혼자 시간을 가지며 버티곤 했다. 하지만 내가 누군가에게 작게나마 힘이 되어 주고 보니 알게 된 것이 있다. 그 사람의 불행을 알아준다는 것만으로도 위로가 될 수 있다는 것. 나로 하여금 마음이 괜찮아진다면 그것만큼 뿌듯한 일이 없다는 것. 어쩌면 나를 위해 주는 사람들도 이런 마음이지 않았을까.

그러니 속마음을 꾹꾹 누르며 버티기보다 상대방의 행복을 바라면서 가끔은 기댈 줄도 아는 그런 사람이 되자. '우리'로서 함께 사는 삶을 살아가자.

힘든 일이 있을 땐 서로 기대어 위로하고 기쁜 일이 있을 땐 같이 기뻐하면서, 불행은 덜어 내고 행복은 더하는 그런 삶을 살자.

나도 그래

많이 웃는 사람이라고 해서 조금 울지는 않는다. 철부지마냥 웃음이 헤픈 사람에게도 쉽게 말 못 할 고충이 있고 저마다의 힘든 일이 있다. 그래서인지 누군가에게 고민을 말했을 때 적절한 해결책을 제시해 주는 것보다 "나도 그래." 이 한마디가 더 와닿고 위로가 되기도 한다. 나는 누군가를 위로하는 것에 소질이 없어서 깊은 공감이나 멋진 말, 뾰족한 수를 내놓진 못한다. 다만, 당신만 그런 게 아니라고 말해 줄 수 있고 누구나 같은 고민을 하고 있다고, 그런 사람이 여기 곁에 있다고 말해 줄 수 있다. 어디안 갈 테니까 엄청 매운 떡볶이 먹으면서 수다나 떨자고. 세상엔 당신 혼자가 아니라고 말이다.

지금도 충분히

삶은 리얼리티 예능처럼

끼니를 잘 챙기는 성격이 아니지만, 친구가 내가 사는 곳 근처로 이사 오면서부터 종종 함께 저녁을 먹는다. 대부분 친구네 집에서 배달 음식을 시켜 먹는데, 그럴 때마다 식탁 위에 휴대용 태블릿으로 예능 프로그램을 틀어 놓고 식사를 하곤 했다. 무대 위에서 개인기를 보여 주는 프로그램도 봤고, 촬영하는 연예인들조차 어떤 일들이 생길지 모르는 리얼리티 프로그램도 봤다.

그중에서 〈지구 오락실〉은 내가 가장 좋아하는 프로그램이다. 친구 말로는 모르는 사람이 없을 만큼 유명하다고 했다. 나뿐만 아니라 다른 사람들도 예측할 수 없는 일들에 반응하고 대응하는 모습에서 퍽 재미를 느끼는구나 싶었다.

대본이 없는 만큼 프로그램의 취지도 간단했다. 해외에 있는 유명한 관광지로 떠나서 각양각색의 음식을 먹는 이야기. 다만, 음식을 공짜로 주는 게 아니라 담당 PD와 게임을 해서 이겨야지만 먹을 수 있다. 그렇다고 수준이 높은 게임은 아니고 간단한 상식 퀴즈나 속담 말하기, 노래를 듣고 가수와 제목 맞히기 같은, 정답을 알고 나면 "아아-" 하고 탄성이 나올 정도로 어렵지 않은 문제를 맞히는 것이다. 하지만 긴장한 상태에서 갑자기 생각하려고 하면 알던 것도 헷갈리기 마련이니까. 엉뚱한 말을 하거나 어버버거리는 모습이 내가 재미를 느끼는 부분이었다.

저번 주에 봤던 에피소드는 태국 편이었다. 점심을 먹기 위해선 어김없이 게임에서 이겨야 한다. 이건 꼭 먹어야 한다며 눈에 불을 켜고 정답을 외치지만, "땡!" 소리와 함께 음식은 하나씩 하나씩 빠르게 사라진다. 보고 있자면 참 웃기면서도 안쓰럽다. 하지만 실패할 때마다 잊지 않고 서로 격려하는 모습과 "빠르게 다음 거 갈까요?" 하는 패기까지. 웃음도 모자라 감동까지 주는 참 고마운 프로그램이다.

어떤 날은 저녁 메뉴가 걸린 게임이었는데 여느 때와는 사뭇 달랐다. 가장 어려워하던 사자성어 이어서 말하기는 물론 상식 퀴즈까지 거뜬히 성공하는 게 아닌가. 물론 입 한 번 벌리지 못하고 실패할 때도 있었지만, 그들은 여전히 못 먹게 된 음식엔 미련 갖지 않고 투덜거리는 사람 없이 다음 게임에 집중했다. 그 결과, 무려 네 가지의 음식을 획득해서 다 같이 배부르게 먹는 장면으로 끝이 났다.

나는 지금까지의 에피소드를 보고 무릇 저런 삶을 살고 싶다는 생각이 들었다. 살아가면서 잘 모르고, 잘 못해서 생기는 일 때문에 좌절하거나 얽매이지 않는, 어떤 일이 일어날지 모르는 미래를 걱정하는 게 아니라 지금에 충실한 삶 말이다. 어쩌면 이것이 흔히 이야기하는 '잘' 사는 삶이 아닐까. 물론 저마다 삶의 방향은 다르겠지만, 그속에서 누구나 실수를 하고 과거를 후회하며, 다가올 내일을 두려워할 수 있으니까.

나 역시 그랬다. 작은 실수라고 해도 그곳에 오래 머물러 있는 사람이었다. 어떻게든 바로잡으려고 애쓰고, 같은 실수는 안 해야지 하며 자주 곱씹었다. 완벽해질 수는 없어도 같은 실수는 안 해야 한다는 걸 중요하게 여겼던 거다. 이것뿐이라면 그나마 다행이지만 20대가 되면서 내일은 어떻게 하루를 살아가야 할지, 또 다음 날은, 그다음은…. 도무지 갈피가 잡히지 않는 막막함을 가지고 내일의 답을 얻으려다 오늘을 놓치며 살아왔다.

하지만 이제는 안다. 어디에 시선을 두고 살아가야 하는지를. 그것이 사랑이든 좋은 기회든 간에 지금이 아니면 다시 오지 않는다는 것을. 삶이라는 건 리얼리티 예능처럼 예측할 수 없기에 재밌다고 말할 수 있다는 것을 말이다. 아무것도 결정된 게 없는 미래를 앞서 걱정하기보다 매 순간에 대응하며 살기를 바란다. 우리는 지금에 집중하면 생각보다 더 많은 걸 해낼 수 있는 사람들이다.

누구나 적당하게 살아가니까

타인의 모습이 내 행복을 가늠하는 잣대가 되기도 한다. 상대방의 행복한 모습에 종종 침울해지기도 하고, 내가 더 나은 것 같다며 안도하기도 한다. 만약 지금 내 모습을 글에 여실히 적는다면 누구보다는 행복해 보일 테고 누구보다는 불행한 사람이겠지. 그렇지만 알고 보면 우리는 다 비슷한 존재라는 것. 색다른 거 없는 걱정을 하고 어디서 들어 본 듯한 상처를 가지고 있는, 그 이상도 이하도 아닌 다 같은 존재라는 것. 그러니 이 사실을 잊지 말고 구태여 자신의 삶을 남과 비교하지 않기를. 누구나 적당히 행복하고 적당히 우울하고 적당히 소란스럽게, 그렇게 살아가니까.

필요한 위로

때때로 어떤 위로는 진심이 느껴지기는커녕 곤욕스러울 때가 있다. 이를테면 힘들어하는 내게 힘내라는 말을 건네는 것. 이미 죽을힘을 다하고 있는데 더 힘을 내라니. 이런 말은 오히려 싸늘하게 느껴진다. 그런 건 단순히 의지로만 되는 게 아닌데. 그냥 내 처지와 상황을 공감해 주기를 바라는 것뿐인데.

이런 형식적인 위로를 받는 것보다는 울고 싶을 때 마음껏 울고, 화가 날 땐 참지 않고 화내야 가슴에 응어리가 남지 않는다. 이처럼 고장 나면 고장 난 대로, 무너지면 무너진 대로 내 처지에 승복하고 싶다.

다만 "마음고생이 이만저만이 아니네." 하며 어깨 한 번 토닥여 주는 그런 위로쯤은 필요하다. 따뜻하면서도 포근한.

잘해야겠다고 다짐하면 꼭 실수하고
빨리 가려고 하면 길을 잘못 드는 법이야.

하루를 꽉 채우며 사는 것도 벅찬데
이왕이면 서두르기보다
천천히 나아갔으면 좋겠어.
뭐든 잘하고 앞서는 것만이
능사는 아니니까.

무리하지 말고 조금씩,
그리고 급하지 않게.
때로는 멈출 때를
아는 사람이 됐으면 좋겠어.

길거리에 핀 꽃봉오리 앞에
잠시 멈춰 설 수 있는
마음이 가뿐한 그런 사람이.

✳ ✕ ✦

정리하지 말고 덜어 내세요

머리가 복잡할 땐 동네 산책을 합니다. 잔잔한 노래를 들으면서 천천히 걸어요. 이는 생각을 정리하려는 게 아니라 덜어 내기 위함입니다. 지하철 노선도처럼 꼬여 있는 생각을 하나씩 하나씩 덜어 내다 보면 분명해지는 무언가가 있거든요.

혹 당신도 생각에 잠겨 있다면 억지로 정리하려 하지 말고 덜어 내는 것에 집중해 보길 바라요. 마음을 복잡하게 만드는 일이나 힘든 상황은 지금 당장 어떻게 할 수 없는 것들이 대부분이기에, 조금씩 덜어 내다 보면 어느 순간부터는 서서히 풀리기 시작할 겁니다.

지금도 충분히

애써 감당하지 않기를

지금까지 만난 사람들을 보면 처음부터 잘 맞았던 사람보다 그렇지 않은 사람이 더 많았다. 애초에 생각이나 가치관이 비슷하다면 관계에 어려움이 없었을 테지만, 어쩌다 서로 간에 잡음이라도 생기면 상대방을 잃고 싶지 않아서 그 사람의 모든 것을 이해하려 했고 받아들이기 힘든 부분에도 고개를 끄덕이곤 했다. 하지만 이제는 너무나잘 안다. 좋은 관계는 균형이 중요하다는 것을. 관계는 생각보다 쉽게 끝이 날 수도 있다는 것을. 아무리 애를 써도흘러가는 인연은 흘러간다는 것을. 인연은 오고 가는 것이지, 내 욕심으로 소유하는 게 아니라는 것을 말이다. 그러니 부디 나를 떠나는 사람 때문에 힘들어하지 않기를, 자책하지 않기를, 애써 감당하지 않기를 바란다.

마음의 여백

언제부터인가 함박눈이 내리는 걸 봐도 예뻐 보이거나 설레지 않는다. 이 많은 게 녹아서 질퍽해진 땅을 상상하고, 미끄러워서 운전하기 힘들겠다는 생각만 든다. 어릴 때는 이런 걱정 없이 썰매도 타고 눈사람도 만들며 신나게 뛰어놀았는데. 나이가 들수록 근심과 걱정이 앞선다.

어쩌면, 일상이 너무 팍팍하고 힘들어서 잠시나마 행복이 될 수 있는 순간들까지 놓치고 있는 것이지 않을까. 너무 많은 걸 해내려고 최선을 다하지 말고, 잠시라도 좋으니 지금이 얼마나 아름답고 근사한지 있는 그대로 볼 수 있는 마음의 여백을 가졌으면 한다. 혹시나 행복이 다가오면 온전히 느끼며 설레는 마음을 가질 수 있도록. 이런저런 근심 걱정에 행복이 묻히지 않도록.

꽉 찬 평범함

행복은 생각보다 별거 아닌 순간에 느낀다. 정신없이 일하다 보니 어느새 퇴근 시간이 됐을 때라든가 애타게 기다리던 드라마를 보며 야식 먹을 때처럼 말이다. 근사한 레스토랑에서 비싼 음식을 먹는 것보다 편한 차림으로 커피 마시며 친구랑 수다 떠는 대수롭지 않은 시간도 마찬가지다. 이런 소소한 것이 주는 행복은 그 어떤 특별한 것과도 견줄 수 없는 따듯함이 있다.

더하거나 덜어 낼 필요 없는 평범함도 마음을 채우기에 충분하고 세상엔 그런 일투성이다. 삶에 이런 빛나는 순간들이 있으니까 안간힘으로 살아 내는 야박한 인생도 살만하게 느껴지는 것 아닐까. 곁에 있는 사람들과 꽉 찬 평범함이면 충분히 윤택한 삶이고 더도 없는 행복이지. 먼 곳에 있는 행복을 좇느라 눈앞의 행복을 느끼지 못한다면 참으로 덧없는 삶이겠다.

지금도 충분히

처음을 대하는 태도

처음 해 보는 일은 누구에게나 똑같이 어렵고 때로는 두렵게 느껴지기도 한다. 하지만 그것이 익숙해지고 잘하는 데까지 걸리는 시간은 모두 다를 수밖에 없다.

내가 다니는 회사에는 입사한 지 1년이 채 되지 않은 사원이 있다. 7개월쯤 됐나, 신입이라고 하기엔 애매하고, 그렇다고 일을 잘한다고 하기엔 여전히 실수가 잦아서 매일같이 잔소리를 듣는다. "야 인마, 너는 일 배운 지가 언젠데 아직도 실수하는 거냐!" 벌겋게 달아오른 얼굴로 큰소리를 낼 때마다 나도 덩달아 정신이 사나워지곤 한다. 한번은 "넌 이 일이랑 안 맞는 거 같아. 안 돼, 안 돼." 일머리가 없다며 그 사람에게 손사래 치는 모습을 보고는 문득 생각나는 친구가 있었다.

겨울이면 항상 친구 A와 둘이서 스키장에 다니곤 하는데, 다른 친구 B가 자기도 배워 보고 싶다며 같이 가자고 한 적이 있다. 운동 신경은 없지만 타는 법만 알려 준다면 잘해 보겠다며 시간 날 때마다 같이 다니고 싶다고도 덧붙였다. 타는 법은 어려울 게 없으니까 맨 앞에는 친구 A가, 맨 뒤엔 내가, 이렇게 일렬로 서서 천천히 자세부터 가르치기 시작했다.

"무릎은 살짝 굽히고, 허리는 펴고. 무게 중심을 가운데로 잘 둬야 안 넘어진다."

하지만 처음인 사람에게는 이게 말처럼 쉬울 리 없다. 일어서면 넘어지고, 하다못해 일어나는 것도 쩔쩔매고, 본격적으로 타 보기도 전에 체력은 바닥나고. 대충 이런 패턴의 반복이었다. 겨우 느릿느릿 미끄러져 내려올 수 있기까지 3시간 정도 걸렸나. 처음 배우는 친구가 두려움 때문에 망설이는 것과 가빠진 호흡을 다듬는 시간을 기다려 주는 게 A에게는 가능했을지 몰라도 나는 불가능했다.

"야, 일어서는 것도 겨우 하면서 뭘 어떻게 타겠다는 거야. 너는 재능이 없어서 안 되겠다."

그날은 더 이상 가르쳐 봐야 소용없을 것 같아서 다음을 기약했지만, 그 친구는 다음에 같이 오자는 말을 하지 않았다.

이듬해, 스키장 개장이 얼마 남지 않았을 때 A와 정기 이용권 이야기를 하다가 친구 B의 이야기도 나왔다.

"매번 둘이서 가다가 그때 한 명 더 같이 가니까 재밌긴 했는데, 그치?"

"A야 말도 마라. 그날 걔 가르치느라 너무 힘들었어. 나 다음 날 몸살 났잖아."

"너는 뭐 처음부터 잘했게? 너나 걔나 매한가지야…. 너 가르칠 때도 나 속 터지는 줄 알았다."

그래, 그러고 보니 나도 처음 타는 법을 배울 때 제법 오래 걸렸지. 계속 넘어지는 바람에 무릎과 엉덩이에 멍이 들어서 며칠을 고생해야 했지. 내가 덜 다치도록 속도도 맞춰 주고 익숙해질 때까지 기다려 준 덕분에 지금 이렇게 잘 타고 즐길 수 있게 됐지. 분명 수화기 너머의 친구도 그런 때가 있었을 테고. 그 경험을 잊지 않고 나에게 베풀어 준 게 참 고맙고 따뜻하게 느껴졌다.

한때 나를 가르치느라 고생 많았다는 말을 끝으로 통화를 마치고는 재능이 없다고 말했던 그 친구와의 그날을 잠시 떠올렸다. 만약 내가 더 친절했다면, 그에게 필요한 시간을 충분히 기다려 주고 지켜봐 줬다면, 이번에도 셋이서 즐거울 수 있지 않았을까.

처음 해 보는 일은 누구에게나 똑같이 어렵고 때로는 두렵게 느껴지기도 한다. 하지만 그것이 익숙해지고 잘하는 데까지 걸리는 시간은 모두 다를 수밖에 없다. 처음부터 잘하는 사람은 없으니까 배우는 데에 오래 걸린다고 해서 맞지 않는 일이라거나 재능이 없다고 나무라지 말고 천천히 지켜봐 줘도 되지 않을까. 상대방에게는 그런 마음이 따듯한 응원이고 때론 열심히 하겠다는 동기 부여가 될 수도 있으니까.

쉬운 것 하나 없는 처음을 마주하는 이들에게, 해 보고 싶은 일을 정말 잘하고 싶어 하는 이들에게 이 말을 해 주고 싶다. 누구나 처음일 때가 있다고. 처음이기에 낯설고 어설프고 어려운 것이라고. 그러니 움츠러들지 말고 자신을 응원하길 바란다고.

적절한 처방

몸이 안 좋아 며칠을 앓았습니다. 생각이 많아져서 쉽게 잠들지 못했고 피곤이 쌓여서 입병을 앓아야 했습니다. 다음 날 컨디션은 엉망인 데다가 음식을 씹을 때마다 느껴지는 고통 때문에 먹는 것도 힘들었습니다. 결국 하루에 병원을 두 곳이나 다녀와야 했지만 다행히도 금방 나을 수 있었습니다.

가끔 삶이 퍼석하다는 생각이 들고 세상으로부터 이따금 마음의 형편이 넉넉지 못할 때가 있습니다. 무언가 해내야 한다는 강박에 지쳐서 느른해지고 힘든 날, 무언가의 성취만을 바라보며 스스로를 몰아세워 녹초가 돼 버리는 날. 이럴 땐 몸이 아플 때처럼 적절한 처방이 필요합니다. 고열과 두통에 주사가 필요하듯 삶을 치유하는 데는 여유와 휴식이 필요해요.

음악을 들으며 산책한다거나 가까운 꽃집에서 마음에

드는 꽃을 한 움큼 산다거나 맛있는 음식을 먹고 스트레스를 푸는 등 방법은 정해져 있지 않습니다. 충분히 휴식을 취하며 여유를 가진다면 쓰라리기만 한 삶도 조금씩 치유되지 않을까요. 생각해 보면 자신을 돌보는 건 그리 어려운 일이 아니니까요.

균형을 맞추는 것뿐이에요

살다 보면 누구에게나 지치고 힘든 순간이 찾아옵니다. 나이가 하나둘 늘어 가면서 느낀 건 점점 그 짐을 덜어 내는 게 어려워진다는 겁니다. 힘들 땐 어떻게 쉬어야 하는지, 어디에 기대야 하며 슬플 땐 어디서 울어야 하는지, 푹 쉴 수 있는 내 집 현관문 비밀번호를 잊어버린 것처럼 그 방법을 잃어버려서 때론 혼란스러워지기도 합니다. 제 주변에도 그런 사람이 참 많고, 어느새 저도 그 사람들 사이에 서 있습니다.

새벽까지 글 쓰느라 늦잠 잤을 때였습니다. 허겁지겁 일어나서 출근 준비를 해야 하는데 그날따라 어머니랑 준비 시간도 겹치고, 입으려고 생각해 둔 옷은 세탁기에 있어서 급하게 다른 옷을 꺼내다가 그만 옷장 문에 발등이 긁혔습니다. 그 순간 아파서라기보다 짜증이 나서 눈물이 나더라고요. '그러게 왜 늦게까지 무리해서 작업을 했어.',

'옷은 미리 꺼내 놓지.', '알람은 잘 듣지도 못하면서 왜 두 개밖에 안 맞춰 놨는지.' 등 이런저런 걸 탓하며 짜증을 호소했습니다. 누가 보면 엄청 아픈가보다 싶었던 상황에서 흘렸던 게 저의 마지막 눈물이었습니다. 아마 전부터 쌓였던 것이 사소한 일에서 빵 터져 버린 것 같아요.

사람 몸이라는 게 참 신기합니다. 우리 몸에서 배출되는 건 대부분 해로운 것을 제거하여 몸의 균형을 맞추기 위한 것입니다. 그리고 그것을 내 의지와 상관없이 필사적으로 배출하려 하고요. 기침이나 콧물로 몸에 있는 바이러스를 내보내기도 하고 체온 조절을 위해 땀을 흘리고, 조금씩 불어나는 우울과 슬픔, 다른 안 좋은 감정들은 마음에 균형을 맞추려 눈물을 내기도 합니다. 하지만 언제부턴가 눈물은 되도록 보이지 않아야 하고, 우는 모습은 나의 나약한 모습 중 하나가 되어 버렸습니다. 나오는 눈물을 억지로 참는 건 흐르는 콧물을 목구멍 뒤로 삼켜 버리는 일과 마찬가지인데 말이에요. 그러다 보니 참는 건 습관이 되고 슬픈 감정은 뒤로 감춰서 방치할 뿐만 아니라 결국 완전히 고장 나 버렸을 땐 어떻게 풀어야 하는지 방법조차 모르는 경우가 허다합니다.

삶이란 본래 아름다운 날보다 흔들리는 날이 더 많은

법입니다. 그래서 누구에게나 힘든 순간이 찾아오지만 그럴 때일수록 우리가 해야 할 일은 내보내는 일이라는 것. 숨기지 말고 표현하고, 누군가 힘이 되어 주기도 전에 감춰 버리지 말고 드러내는 것입니다. 그래야만 가끔은 삐끗하더라도 다시 곧게 또 멀리 나아갈 수 있습니다.

잊지 않기를 바랍니다. 눈물이 난다는 건 단지 연약해진 마음을 쏟아 내고 앞으로 나아갈 힘으로 채워질 수 있도록 균형을 맞추는 것뿐입니다.

어쩔 땐 뭔가 될 것 같다가

한순간에 와르르 무너지기도 하고

너무 행복했다가도

금세 불행해지고

좋은 일이 생기는가 하면

잊지 않고 안 좋은 일이 일어나기도 했다.

삶이라는 건

높이 올라갈 때도 있고

밑으로 내려가기도 한다는 것.

특별히 의식하지 않아도

균형 있게 흘러간다는 것.

만약 지금 힘든 시기를 겪고 있다면

곧 행복해질 차례라는 것.

✳ ✕ ✦

기특해하는 시간

지인들이 모인 자리에서 '나만의 자랑거리'에 대해 질문을 받았었다. 아주 소소한 것이라 해도 누군가에게 자랑할 만한 게 있는지, 아니면 스스로를 자랑스럽다고 여길 만한 게 있는지 각자 이야기해 보기로 했다. 박수받을 만큼 큰일이 아니어도 괜찮다는데, 그래서인지 더 어렵게 느껴졌다.

다른 분들은 혼자 해외여행도 다녀오고 두 아이 모두 대학까지 잘 보냈으며 운동은 싫어하지만 테니스를 꾸준히 한다고 자랑하는 동안 아무리 생각해 봐도 선뜻 떠오르지 않았다. 그나마 가까스로 대답한 건 테니스처럼 멋진 운동은 아니라도 건강을 위해 피트니스 센터를 다니기 시작한 것과 며칠 전 어머니가 타고 다니시는 차를 깨끗하게 닦아 드렸다는 것 정도였다. 물론 이것도 남들이 봤을 때 훌륭한 걸 수도 있지만 사실 속으로는 이게 진짜 나만의 자랑거리는 아니라는 생각을 했다. 오래 다니던 회사를 그만두고 비어 버린 시간을 때울 겸 다니게 된 게 가장 큰 이유였고, 마찬가지로 시간이 많아서 내 차도 세차하며 겸 사겸사 한번 해 드린 거였으니까.

이게 과연 누군가에게 자랑해도 되는 일인가 싶어서 집으로 돌아와 조금 더 생각을 해 봤다. 최근에 내가 뭘 했는지부터 작년은 어떻게 보냈는지, 나한테 어떤 좋은 습관이 배어 있는지 등등. 처음 질문했던 사람이 삼시 세끼 잘 챙겨 먹은 것도 자랑거리라고 했던 게 생각나니 조금씩 소소한 것들이 수면으로 떠오르기 시작했다. 왜소한 체구와 다르게 놀라울 만큼 많이 먹는 것. 그도 그런데 대장금처럼 진미를 느끼는 미식가가 아니라서 뭐든 맛있게 먹는 것. 항상 깔끔하게 유지되는 방. 든든한 가족들. 언제나 곁을 지켜 주는 내 친구들까지.

그중에서도 오랜 시간 꾸준하게 글을 쓰고 있다는 것. 이거야말로 진짜 진짜 나를 자랑스럽게 여길 만한 게 아닌가 생각이 들었다. 그렇다고 글을 정말 잘 쓴다거나 대단하리만치 오랜 시간을 써 온 건 아니지만, 한 가지 일을 같은 마음으로 꾸준하게 한다는 건 쉽지 않으니까. 어쩔 땐 생각하는 만큼의 대가가 따르지 않아 막연하게 느껴지기도 하는데, 하고 싶은 걸 한다는 즐거움 하나 가지고 용케 잘도 버티는 중이다. 그러다 보면 뭐 언젠가는 내가 쓴 글이 밥도 먹여 주고 쉬고 싶을 때 쉬어도 통장 잔고에 쉼표는 늘어나는 마법 같은 날이 오지 않을까?(라는 희망을 품고 있다). 아무튼, 이날 받았던 질문 덕분에 다시금 내가 보낸 시간을 생각해 보게 됐고, 애틋하면서도 자랑스럽고 대견하다는 생각이 들었다.

아마 대부분 이처럼 누군가 물어봐 주지 않는 이상 자신에 대해 잘 모르는 경우가 많을 것이다. "좋아하는 게 뭐예요?"라든가 "죽기 전에 한 가지 음식을 먹을 수 있다면 어떤 걸 먹을 거예요?" 같은 질문을 받을 때처럼, 평소엔 잘 모르다가도 일부러 곱씹어 봐야지만 그제야 '아, 내가 이런 걸 좋아하는구나.' 알게 되는 경우가 많다. 하지만 조금만 찾아봐도 자존감이 금세 높아질 만한 대견한 모습부터 소소하지만 자랑하고 싶어지는 내 모습을 쉽게 발견할 수 있다. 그리고 그것들은 박수받을 만큼 대단한 게 아니어도 다른 누구도 아닌 나의 자랑인 것이다.

그러니까 틈틈이, 혹은 가끔이라도 좋으니 아직 발견하

지 못한 자신의 모습을 꺼내 보며 살기를 바란다. 그리고 마음껏 뿌듯해하면서, 그걸 특별히 의식하면서, 그렇게 자신을 기특하게 대하며 살기를 바란다.

사는 게 뭐 별거라고

사는 게 뭐 별거겠어.

지루한 하루도 특별하게 바라봐 주는 사람만 있으면, 안 좋은 감정을 꺼내 놓으면 금세 괜찮은 감정으로 채워 주는 사람만 있으면, 그걸 연료 삼아서 오늘을 버티고 내일로 나아가는 거지.

지금 떠오르는 사람이 있으면 괜찮은 삶을 살고 있는 거야.

좋은 게 좋은 것

오랜만에 버스를 타고 가까운 관광지에 다녀왔습니다. 출근이나 볼일이 있을 땐 당연하게 자동차를 타고 다녀서 대중교통을 이용한 건 10년도 더 된 일입니다. 그런 면에서 혼자 버스를 타고 어딘가 다녀온다는 건 꽤 흥미로운 일이었습니다.

매번 똑같이 반복되는 일상과 다르게 일정을 짜고 길을 나섰습니다. 항상 가지고 다니던 자동차 키 대신 교통카드를 챙기고, 주소만 입력하면 가장 빠른 길을 안내해 주는 내비게이션 대신 버스 노선표와 도보용 지도를 이용했습니다. 사실 저는 서른하고도 여섯 해를 보내는 동안 기차를 한 번도 타 보지 않은, 일명 '차 없으면 신생아'였습니다. 그래서 집 앞에는 어떤 버스가 오고 또 요금은 얼마인지조차 몰랐습니다. 누군가는 버스 타는 게 뭐 대수냐고 말할 수도 있겠지만 시간이 지날수록 대중교통에 점점 무지해지는 저에겐 매우 신선한 일이자 동시에 어려운 일이기도 했습니다.

시작부터 보기 좋게 실수합니다. 배차 간격이 긴 버스를 뜬 눈으로 놓치기도 하고, 내려야 하는 곳을 지나쳐 다시 한참을 되돌아와야 했습니다. 새로운 정신적 자극을 받고자 나섰는데 육체적 자극만 받는 것 같아서 집에 갈까 잠시 망설이기도 했지만, '내심 이런 것도 즐겨 봐야지.', '그래도 세워 둔 계획은 달성하고 돌아가야지.', '따듯한 물로 샤워하고 잠자리에 누웠을 땐 뿌듯할 거야.' 등등 속으로 자기 최면을 걸며 미리 봐 뒀던 식당으로 발걸음을 옮겼습니다.

평소 혼자 밥 먹는 것에 전혀 개의치 않았는데 그날따라 수많은 연인 사이에서 덩그러니 밥을 먹는 게 서럽기도 하고 자리를 차지하고 있는 것 같아 사장님께 눈치도 보이더랍니다. 이후에 다녀간 분위기 좋은 카페에서는 직원 분이 '이런 곳에 혼자?'라는 표정으로 주문을 받는 것처럼 느껴지기도 했습니다.

추운 날씨에 온종일 손과 발이 꽁꽁 언 채로 돌아오는 제 모습은 처참했습니다. 여차저차 집으로 돌아와 오늘 하루에 대해 곱씹어 봅니다. 어쨌든 결국 버스를 탔고 마침 내 무사히 돌아왔습니다. 다만, 색다른 경험을 하면서 별 것이 다 절실했다는 생각이 듭니다. 친절한 음성으로 길을 안내해 주는 내비게이션과 자동차에서 나오는 따뜻한 바람, 평소엔 집중해서 듣지도 않던 라디오 소리, 신호 대기 하면서 여유롭게 바라보던 구름의 모습. 어쩌면 이런 것들이 안주함에서 오는 만족이 아닐까 하는 생각이 듭니다.

좋은 게 좋은 거라는 말, 참 좋은 말입니다. 가끔은 자신의 한계를 넘는 노력으로 사는 것보다 내일이 없는 것처럼 하루하루 행복할 수 있는 모습으로 사는 것도 괜찮지 않을까요. 물론 새로운 것에 도전하고 목표를 이루려는 의지도 좋지만, 자신의 현재에 만족하고 받아들이는 게 오히려 더 어려울 수도 있으니까요.

매일 같이 발 동동 구르며 잘하고 싶은데, 포기하면 안되는데, 혹은 지금보다 괜찮아지리라 희망하며 버티는 시간이 점점 길어지고 있습니다. 저는 이런 시간을 회의적으로 느낍니다. 오로지 앞만 보는 것보다 자신에게 더 유익하고 만족할 수 있는 것에 집중하면서, 안주하는 것에서 자유로운 사람이 된다면 더욱 진정성 있는 삶이 되지 않

지금도 충분히

을까요. 살아가면서 오직 평온만이 가득한 건 불가능합니다. 하지만 매일 평범한 일상 속에서도 행복의 순간 위에 서 있다는 마음가짐으로 스스로를 살피고 다스렸으면 좋겠습니다.

안 좋은 일은 꼭 한번에 몰아서 오더라.

약속이라도 한 것처럼

일도, 관계도, 사랑도.

매끄럽게 흘러가던 하루가

벽에 가로막힌 것 같고,

제대로 되는 일도 하나 없고.

근데 살아 보니까 이다음엔 꼭

힘들고 좌절하던 순간을

다 날려 버릴 만큼

큰 행복도 오더라고.

약속이라도 한 것처럼 말이야.

멈춰 서지만 않으면 돼.

그동안의 감정이 무색해질 만큼

커다란 행복이 몰아서 올 거야.

그때는 우리 마음 편하게 누리자.

당신, 참 잘하고 있습니다

그럼에도 불구하고 잘하고 있습니다.

그냥 하는 빈말이 아니라

요즘 되는 일은 하나도 없고

생각이 많아져 잘 자지도 잘 먹지도 못하고

지금까지 내가 확신해 왔던 것들에게

자신이 없어졌대도 잘하고 있어요.

꿋꿋하게 삶을 지켜 내고 있다는 것이,

그 자리에 멈춰 서지 않고

어떻게든 나아가려는 마음이

결국 행복으로 데려다줄 겁니다.

작은 일에도 마음을 다하는 당신이라면

반드시 좋은 날은 오게 되어 있습니다.

Part 2.

때로는 채우고

때로는 비우고

어떻게 살 것인가

인생은 어차피 계획대로 흘러가지 않는다. 끝까지 지키고자 했던 걸 한순간에 잃기도 하고 전혀 예상하지 않았던 것을 얻기도 한다.

하지만 그렇기 때문에 사는 게 재밌다고 말할 수 있는 걸지도 모른다. 예측할 수 없는 사람은 그게 하나의 매력이 되기도 하지만 스토리가 뻔히 보이는 영화는 지루하게 느껴지기만 하니까.

그러니 이제는 어떻게 살 것인가에 대해 깊이 생각하지 않으려 한다. 때론 잃은 것이 아쉽고 미련이 남을 수도 있지만, 앞으로 어떤 인연을 만나고 어떤 기회를 통해 내 삶이 흘러갈지가 더 기대되고 설렐 뿐이다.

이해받고 싶어 하는 마음

더불어 살아가고자 하는 마음에 대해 생각해 봅니다. 저는 어린 조카가 둘 있는데요, 첫째는 여덟 살, 둘째는 여섯 살입니다. 지금보다 어릴 때부터 어머니가 봐 주시다 보니 제가 사는 곳에서 밥도 먹고 공부도 하고 놀기도 하다가 돌아갑니다.

밑에 층에는 노부부 두 분이 살고 계십니다. 아이들이 유독 심하게 뛰어노는 날이면 저희 집 문을 두드리시고는 했습니다. 그럴 때마다 어머니는 연신 죄송하다고 말씀하시며 아이들이 주의하게끔 이야기할 테니 조금만 양해 부탁드린다고 하셨는데, 그 마음을 이해해 주시는 건지 요즘은 별말씀 안 하십니다.

어느 날은 늦은 시간까지 글을 쓰다가 마실 것을 가지러 거실로 나가는 길에 발목을 삐었습니다. 발뒤꿈치를 높이 들고 걷다 보니 무리가 간 모양입니다. 별거 아닐 거라고 생각했는데 한 달이나 지났건만 통증은 쉽게 가시지 않았습니다. 하지만, 아무렴 괜찮았습니다. 아래층 분들은 아이들이 없는 시간이라도 평안히 계시고 싶으실 텐데 이렇게 작게나마 배려해 드릴 수 있다면 오히려 다행이라고 생각했기 때문입니다.

어쩌면 어르신 마음도 저와 비슷하지 않았을까요. 한창 뛰고 넘어지고 다치기도 하는 그런 나이의 아이들이니까, 아침부터 저녁까지 하루 종일 뛰어다니는 건 아니니까 아무렴 잠시 불편해지는 것 정도는 괜찮다고 생각하셨는지도 모르겠습니다.

더불어 살아간다는 건 그리 대단한 게 아닙니다. 꼭 음식을 나눠 먹고 대화하는 시간이 많아야 하거나 이웃이니까 꼭 이해해야 하는 것도 아닙니다. 그저 이해받고 싶어 하는 마음을 먼저 염려하고 배려하는 태도. 그게 우리가 더불어 살아가는 것에 가장 필요한 모습이 아닐까 생각합니다.

강한 사람

무너지지 않는 강한 사람이 돼야 성공할 수 있다고 생각했다. 어떻게든 버티는 사람은 의지가 단단하니까 뭐라도 해낼 수 있을 것처럼 보이는데, 넘어지고 쓰러지는 건 그만큼 마음이 나약한 것처럼 보이기 때문이다.

하지만 무너져도 괜찮다고 말하는 사람들을 보며 깨달은 것이 있다. 강하다는 건 어떻게든 버티는 게 아니라 넘어질 때마다 다시 일어서는 사람의 모습이라는 것을. 그들은 여러 번 넘어져 보며 다시 일어서는 법을 배운 사람들이라는 것을.

우리에게 필요한 건 붙잡고 버틸 수 있는 무언가가 아니라 다시 일어나겠다는 마음을 다잡는 것이다.

때로는 채우고

삶에서 가장 중요한 것은

또다시 약을 먹기 시작했습니다. 20대 초쯤 우울증, 불안 장애, 대인 공포증 진단을 받고 여러 차례 약을 복용했었는데 얼마 전부터 다시 먹기 시작했습니다. 무기력함은 물론 모든 욕구가 사라지고 불면증까지 더해 하루를 살아내는 게 너무 벅차기만 했습니다. 어느 정도 시간이 지났지만, 약의 효과는 미미했습니다. 복용하는 양을 늘렸는데도 건조해진 감정에 동아줄이 되어 주진 못했습니다.

염세적인 경향 때문일까요, 충동적인 행동을 저질렀습니다. 항우울제와 신경 안정제를 털어 집히는 만큼 삼켰습니다. 더 극단적인 행동을 하기 전에 정신 놓고 기절하는 쪽이 오히려 안전할 것 같다고 판단했기 때문입니다. 많은 시간을 앓아누워야 했지만 스스로를 박해한 것에는 일말의 후회도 없었습니다. 살고자 하는 욕구도 없었으니까요.

며칠 전, 친구 아버지의 부고 소식을 받고 장례식장엘

때로는 채우고

다녀왔습니다. 부모를 여의기엔 우린 너무 젊었고, 그의 아버지 또한 젊었습니다. 친구는 아버지가 오랜 시간을 지병과 싸우며 힘든 나날만 보내시다가 이제야 편해지셨다고 말합니다. 살아생전 고마움의 표현부터 끼니는 잘 챙기는지, 몸의 상태는 어떤지 자주 들여다보지 못한 게 너무 후회스럽고 끝내 하지 못한 사랑 표현이 한이 될 것 같다고, 이런 아들을 둔 아버지가 애련하다고 합니다.

가장 소중한 것을 한순간에 잃는다는 것은 어떤 기분일까 생각해 봅니다. 더불어 지난날 내가 저지른 행동 또한 다시 한번 곱씹어 봅니다. 원치 않게 세상과 작별하는 애석한 사람 앞에서 제 자신이 너무 부끄럽게 느껴졌습니다. 오랫동안을 살아 내고자 지병과 싸우며 고통을 버텨 내던 것과 다르게 자의적으로 몸을 함부로 대했다는 것이 장례를 치르는 동안 고개를 들 수 없게 했습니다. 아무런 욕구도 없이 무의미하게 보내던 내 일상이 그에겐 힘겹게 지켜 내야 했던 시간이었을 테지요. 너무나 당연하고 익숙한 것들을 벅차게 그리워했을 겁니다. 내가 홀대했던 것이 누군가에겐 간절할 수 있다는 것, 그것의 가치를 깨닫는 데는 시간이 걸릴 수도 있다는 것. 이처럼 극단적인 이별의 과정을 통해서라야 나 자신과 소통할 수 있었던 것 같습니다.

돌아오는 길에 내 삶에서 가장 중요한 가치는 무엇일까 생각해 봤습니다. 모든 것에는 수명이 있고 속절없이 흐르는 시간 속에서 지금 내 심장이 뛰고 있다는 것에 생각이 머무릅니다.

그럼에도 나아가는 삶

한때 마스크를 꼭 쓰고 다니기 전까지만 해도 어디든 자유롭게 갈 수 있다는 것과 편하게 숨 쉰다는 것의 소중함을 몰랐다. 눈을 다쳐서 고생하기 전에는 내가 보고 싶은 걸 볼 수 있다는 행복을 몰랐고, 집밥이 그리워지기 전에는 지글지글 찌개 끓는 소리가 어머니의 정성이란 걸 알지 못했다. 마찬가지로 그 사람 품이 간절해지기 전에는 내게 주던 소소한 관심이 곧 사랑이라는 것을 몰랐다.

우리는 곁에서 무언가를 떠나보내야만 그 가치와 소중함을 깨닫는 경우가 많다. 어쩌면 이 또한 삶의 일부이고 이런 것들의 연속이 곧 삶이라고 할 수 있겠다.

아직 떠나보낸 날보다 살아갈 날이 많아서 매 순간에 현명하고 싶지만, 뒤늦게 찾아오는 이런 감정이 있기에 더 잘 살아 낼 수 있는 게 아닐까. 늦게라도 무언가를 깨달았다는 건 후회나 미련으로 끝나는 게 아니라 앞으로 나아갈 날에 좋은 배움이 되기도 할 테니.

그럼에도 나는 나아가는 삶이고 싶다. 멋모르고 놓칠까 불안에 사로잡히지 않고 앞으로 더 많은 성장의 기회에 감사하면서, 남은 삶을 무사히 완주할 수 있도록, 어제보다 더 마음에 드는 삶이 되리라 믿으면서 말이다.

때로는 채우고

아파 봐야 알 수 있는 것들

생각해 보면 딱히 괜찮은 삶을 산 건 아니다.
크고 작은 일들이 나를 괴롭히기도 했고
어긋난 인연에 가슴 아팠던 순간도 많았다.

누군가의 먼지처럼 가벼운 말에
내 하루가 뒤흔들릴 때도 있었지만
그렇기 때문에 깨달은 것도 있다.

아무 일 없이 보낸 하루가 얼마나 좋은 날인지
혹은 좋은 날이란 어떻게 보낸 날을 말하는지
나를 위해 주는 사람들이 누구인지.

그리고 남들이 생각 없이 하는 말에
크게 의미를 둘 필요가 없다는 것을 알게 됐다.

잃어 봐야 얼마나 소중했는지 알 수 있듯이
힘들고 아파 보지 않고서는 알 수 없는 것들이 있다.

관여하지 않는 지혜

사람들은 명확한 정답을 원하고, 때로는 내리지 못하는 결정을 누군가 대신해 주길 바란다. 하지만 친절과 무례를 구분 짓지 못하고 남의 삶에 함부로 끼어든 건 아닐까 되짚어 봐야 한다. 정작 내 발 앞의 구덩이는 못 보면서 남의 인생을 멋대로 평가하고 오지랖 부리진 않았는가. 내밀지도 않은 손을 기어이 잡아채선 끌어당기고, 손가락 구부리듯 쉽게 남의 삶을 파헤쳐 내 경험의 단두대에서 옳고 그름을 판단하는. 어쩌면 난 누군가에게 도움 되는 사람이라 자만하면서 살아왔는지 모르겠다. 내가 답이라는 생각을 버리고 그저 잘 들어 주는 사람으로서 살아가야겠다. 이것이 안으로 나의 내면을 살피면서 밖으로는 관계를 지키는 방법일 테니까.

때로는 채우고

타인에게 내 행복을 주문하는 행위는

치사량의 상실감으로 돌아올 수도 있다.

✳ ✕ ✛

하고 싶은 다정

처음 출판 업계에 발을 내디뎠을 때의 일이다. 처음엔 그저 글쓰는 게 좋았을 뿐인데 분량도 제법 생기고 공감해 주는 사람들도 늘어나니까 출판사에서 제의를 받게 됐다.

사실 이전에 한 번 내 이름으로 된 책을 출간한 경험이 있다. 그때는 POD 형식이라고 해서 일반적으로 알고 있는 기성 출판사를 통해 책이 만들어지는 게 아니라 탈고부터 디자인까지 오롯이 혼자 해야 하는 방식이었다. 그러다 보니 제작 과정부터 홍보까지 한계가 있었는데, 글 쓰는 일을 업으로 삼고자 하는 내게 꿈같은 기회가 찾아온 것이다.

그동안 창작 활동을 하며 노력했던 내 모습이 주마등처럼 스쳐 가면서 대견하고 또 뿌듯했다. 마치 어두웠던 거리에 가로등 하나가 켜진 기분이었달까. 한편으로는 더 많은 사람이 내 글을 읽는 거니까 두렵기도 하고 잘 쓸 수 있을까 걱정도 됐는데 어쨌든 좋은 일이니까. 문득 지금

때로는 채우고

내가 얼마나 벅차고 기쁜지 누가 좀 알아줬으면 좋겠다는 생각이 들었다. 그렇다고 자랑이 하고 싶었던 건 아니고 기쁨은 나눌수록 커지는 법이니까, 나와 비슷한 일을 하는 사람들과 친구들에게 별안간 소식을 전했다.

「넌 해낼 줄 알았어.」, 「축하해.」, 「정말 잘됐다.」, 「앞으로도 지금처럼만 하면 돼.」, 「너무 기대된다.」, 「네가 자랑스러워.」, 「열심히 해 봐, 어차피 잘할 거지만.」

세상에 다정한 말이 이렇게나 많았던가. 대낮에도 모자가 달린 두툼한 티를 입어야 할 만큼 쌀쌀한 계절이었는데, 이날 긴 소매가 어색할 정도로 따듯했던 건 이런 마음 때문이었는지도 모르겠다.

출판사와 미팅이 있던 날은 특히 그랬다. 이런 자리가 처음인지라 떨리기도 하고 계약 선에 어떤 걸 인지하고 있어야 하는지, 요구할 수 있는 건 무엇인지 잘 모르니까 내심 걱정이 가득했는데 때마침 이런 메시지를 받았다.

「오늘 미팅이지? 출판사 사무실이 어디야? 내가 거기로 갈게. 오늘 같은 날에는 사람이 만나고 싶어지는 법이거든! 같이 밥 먹자, 맛있는 거 사 줄게!」(알고 보니 전에 내 소식을 들었을 때부터 이미 계획해 둔 상태였고, 당일이 돼서 나갈 채비까지 마친 상태로 연락한 것이었다.)

「여기 멀어! 오늘 책이 출간되는 것도 아닌데 여기까지 와서 축하해 준다고? 고마워서라도 밥은 내가 사야겠는데?」

다정함이란 대개 사람과 사람 사이에 오가는 말에 묻어나기 마련인데, 가끔은 행동에서 느껴지는 다정함도 있다. 물론 두 가지 모두 좋은 면모를 가지고 있지만 당장 따듯한 위로와 응원이 필요할 때가 있는가 하면 묵묵히 포용해 주길 바랄 때도 있으니까. 그런 의미에서 오늘 같은 날에는 사람이 만나고 싶어진다는 말이 어쩐지 가슴을 찔렀다. 나와 오늘을 함께해 준다는 건 내가 지금 어떤 상황인지, 어떤 걸 필요로 하는지 잘 살펴봤다는 말로 들렸기 때문이다.

비록 내가 이뤄 낸 것이 거대한 삶 속에서 작고 하찮은 거라 해도 이렇게 옆에서, 한 발짝 뒤에서 알아 주고 응원해 주며 잘되기를 빌어 주는 사람들이 곁에 있다는 건 정말 고마운 일이고 벅찬 일이다. 그렇기에 무너지다가도 다시 일어날 용기가 생겨나고 한 걸음씩 내디딜 수 있는 거겠지.

때로는 채우고

나도 누군가에게 그런 사람이 됐으면 좋겠다. 삶 곳곳에 많고 많은 다정함이 있지만 내게 달려와 준 마음과 함께 먹은 밥이 내가 한 문장이라도 더 쓸 수 있게끔 힘이 된 것처럼 자세히 살피고 들여다보면서 원하는 다정을 건네는 사람이고 싶다.

버릇 같은 사람

오랜 시간이 지나도 생각날 때마다 듣는 노래가 있다. 처음 발매된 것이 2006년이었으니까, 지금까지 17년 동안 들은 셈이다. 만약 옛날처럼 카세트테이프로 들었다면 늘어지고도 남았을 텐데. 실수로 플레이리스트를 삭제해 버려도 잊지 않고 추가하여 여전히 목록 한 칸을 차지하고 있다. 이쯤 되니 이게 취향인지 습관인지 잘 모르겠지만 들을 때마다 마음이 차분해져서 좋다. 시대가 시대인 만큼 새로운 노래도 매일같이 나오고 그중 마음에 쏙 드는 것도 많지만, 아무렴 익숙한 멜로디가 주는 편안함은 대체할 수 없는 것 같다.

나도 누군가에게 이런 존재로 있을 수 있다면 얼마나 좋을까. 오랜만에 연락해도 익숙하고 편안한 사람. 전화번호 목록이 삭제돼도 잊지 않고 어김없이 한 칸을 내어 주는, 빠르고 느리게 스쳐 가는 많은 이름 중에서도 영락없

때로는 채우고

이 찾게 되는 버릇 같은 사람. 계절이 여러 번 바뀌는 동안에도 오래 기억에 남는 그런 사람이고 싶다. 언제나 함께하지 않아도 언제든지 함께할 수 있는, 그런 버릇 같은 사람.

오래오래

내가 힘들고 답답할 때 위로받는 곳이 있었다. 밤에 보면 예쁜 대교가 있고 저 멀리까지 보일 만큼 탁 트여 있어서 답답한 마음이 뻥 뚫리곤 했다. 하지만 높은 아파트 단지가 들어서고 시야를 가리면서 더 이상 그곳에서 위안을 느낄 수 없게 됐다.

내가 좋아하는 장소, 좋아하는 시간, 좋아하는 계절, 좋아하는 사람. 이런 것들은 변하지 않았으면 하는데. 나를 좋아해 주는 사람도 내가 변하지 않는 존재이길 바라겠지. 세상의 흐름에 맞춰서 주변의 모든 게 변하더라도 누군가에게만큼은 오래오래 같은 모습 같은 마음으로 남아 있어야겠다.

때로는 채우고

좋은 사람을 곁에 두는 방법

"좋은 사람이네요."

"좋은 사람 만날 거예요."

숱하게 들었던 말과 내가 했던 말 중에서 좋은 사람의 기준은 무엇인지 생각해 봤다. 어떤 상황에서도 화를 내지 않는 사람일까? 유머 감각도 있으면서 다정함이 몸에 배어 있는 사람일까? 자신보다 남을 먼저 생각하는 이타적인 사람일까? 이건 저마다의 기준이 다르니, 어쩌면 좋은 사람을 곁에 두려면 자신이 생각하는 좋은 사람의 모습으로 나를 잘 매만지면 되지 않을까 싶다.

그렇다면, 나는 내가 원하는 일을 하는 것도 좋지만 싫어하는 행동을 하지 않는 사람이 좋으니까 내가 먼저 그런 사람이 되어야겠다. 때로는 상대방의 불편을 생각해 주는 것이 직접적인 애정 표현보다 진심이 잘 느껴지니까. 그리고 사소한 것이라도 상대방의 마음을 당연하게 여기지 않아야지. 함께 있을 때 즐거운 사람이 되고 대가를 바라지 않는 사랑을 건네야지. 이렇게 내가 먼저 좋은 사람이 돼서 좋은 사람을 곁에 둬야겠다.

잘 산다는 것

한 해를 돌아보면 후회되고 아쉬운 것들만 생각난다. 나는 '잘' 살았나, 그렇다면 잘 살았다는 기준이 뭘까. 한참을 생각해도 마땅한 답이 나오지 않는다. 누군가는 원하는 만큼 즐겁고 열심히 일했으니까 잘 살았다고 말한다. 혹은 돈을 많이 벌었으니까, 아니면 비록 돈은 별로 없더라도 좋은 사람들과 함께한 시간이 많았으니까 보낸 삶에 만족할 수도 있겠다. 이처럼 기준이 되는 건 사람마다 주변 환경, 가치관에 따라 달라질 수밖에 없다. 때문에 누군가 '잘' 사는 것에 대해 이야기한다고 해도 딱히 수용할 만한 답이 되지는 못할 것 같다. 다만 한 가지 드는 생각은 내가 믿는 것에 마음 쓰며 사는 삶은 잘 사는 것이라고 말해도 되지 않을까 라는 것.

성인이 되자마자 지금까지 이직 한 번 하지 않고 한 회사에서 일했던 친구가 당당히 사직서를 내고 여행을 떠났을 때 참 멋있다고 생각했다. 방송국에서 최소한의 생활을 겨우 유지할 만큼 적은 월급을 받으면서도 매일 밤낮을 일하던 친구가 메인 PD로 승진했을 때 빛나던 그 모습을 옆에서 지켜봤다. 다들 멋지게 살아가고 있구나. 믿음이 있다면 끝끝내 빛나는구나. 이런 사람들이 내 삶의 한 부분에 있다는 것만으로도 왠지 잘 살고 있다는 생각이 들었다.

잘 산다는 건 그리 대단한 것이 아니다. 그건 어쩌면 어떤 모습이든 어떤 꿈이든 스스로가 느끼고 믿는 것에 대해 가치를 가지는 것이 아닐까. 어떤 경우에서도 남의 말을 기준 삼지 않고 내 삶에 소중한 가치를 찾아가는 것. 어떤 것을 선택하더라도 그 순간 마음에 맞는 답을 고르며 사는 것. 오답이어도 괜찮으니 후회 없다고 말할 수 있는 내 길을 걷는 것. 이런 믿음을 가진다면 제법 의미 있는 삶이 되지 않을까 싶다.

한 해의 끝이 되니 알겠다. 대단하지 않아도 그럴듯한 삶이 아니었대도 묵묵히 내일을 살아 내는 것이 얼마나 멋진 일인지를. 그러니 지나간 시간을 탓하고 아쉬워하고 부정하지 않기로 한다. 열렬하고 참 애썼으니 그걸로 됐다고. 그때가 있었으니 지금의 내가 된 거라고. 딱 그 정도의 마음만 쓰기로 한다. 흘러가는 시간 앞에서 내 믿음을 믿고 조금씩 나아갈 뿐이다. 어제보다 조금 더 나은 내가 되기 위해 마음을 쓰고 하루를 써 내려가야겠다.

마음의 이면

미루지 않아야 할 일이다. 한껏 웅크려 책상 뒤 먼지를 쓸고 까치발 들어 책장 꼭대기를 훔친다. 눈에 안 띄고 손이 잘 닿지 않아서 미뤘던 곳을 청소할 때마다 이리저리 자세를 바꿔 가며 미간을 찌푸린다.

"마음먹고 청소하면 안 보이던 먼지들도 보여. 나만 아는 곳도 깨끗해지고."

친한 친구가 내게 말했다. 세상은 눈에 보이는 것이 전부라지만 그 이면이 궁금해진다. 반듯하고 예쁜 것 뒤에는 보이지 않는 해묵은 먼지와 나쁜 것들이 반드시 있을 거라는 염세적인 마음이기도 하다. 잘 들여다보지 않았던 내 속의 뒤에는 무엇이 있나. 보이지 않는다고 무엇을 미뤘고 뒷전에 두었으며, 어떤 나쁜 것들이 쌓여 있나.

내 사람을 헤아리거나 나를 돌보는 일을 미뤘고, 고마워하고 미안해하는 일, 커피 덜 마시고 밥 잘 챙겨 먹는 일

때로는 채우고

은 뒷전이었다. 다시는 취하지 않으리라 다짐하고 금세 술
약속을 잡는가 하면 짜증 내지 말아야지 했다가 나도 모
르는 새에 생각보다 말이 먼저 나오는 나쁜 마음이 쌓여
있다. 나에 대한 자세를 이리저리 바꿔 가며 쓸어 내고 닦
아 내야 할 일이다. 혹 내가 누군가의 눈에 나쁘게 보일지
언정 나쁜 것 뒤엔 좋은 게 있다고 여길 수 있도록.

피지 못한 꽃은 내일이 두렵다

내가 너무 조급해하고 있는 건 아닐까.

깜박거리는 커서를 보며 문득 든 생각이다. 뭐라도 써야지 싶어서 제법 오랫동안 엉덩이를 붙이고 앉아 있었는데 도통 어떤 걸 써야 할지 모르겠다. 이것저것 나열해 놓은 이야기들 속에서 의미를 찾는 것도 어렵고, 과연 이 정도로 읽는 사람들 마음에 울림이 생길까 싶기도 하고. 내가 하고자 하는 말에 자신이 없어졌달까. '글 쓰는 거 정말 좋아했는데.' 이런 생각에 지배된 나는 좋아하는 걸 하면서도 그리 행복하지 않았다.

그런 와중에도 누구는 벌써 몇 권의 책을 냈고 누구는 강연도 하러 가고 누구는 SNS 팔로워가 몇만 명이나 늘었다는 소식이 들려왔다. 이대로라면 나는 내일도 전혀 나아질 게 없을 텐데…. 이런 나의 여유 없는 마음을 대변하는 문장이 있었다.

때로는 채우고

'피지 못한 꽃은 내일이 두렵다. 봄이 올까 봐.'

시간은 계속 흐르는데 아직 무언가를 해내지는 못했다고. 서두르는 것만이 능사가 아니라는 걸 알면서도 언젠가는 잘될 거라 생각만 하고 있을 수는 없는 거겠지. 이 사람도 간절하구나. 그래서 내일이 두려운 거구나. 그렇게 생각을 이어 가다가 나름의 결론을 내렸다.

누구나 목표를 가지고 앞으로 내딛다 보면 어쩔 수 없이 한계를 직감하는 때가 있다. 포기하고 싶지는 않은데 지칠 대로 지쳐서 손에 아무것도 잡히지 않는 때가 있고, 아무리 두드려도 대답 없는 현실이 비참해서 어두운 터널을 혼자 맴돌고 있는 느낌이 들 때도 있다. 하지만 자신이 하는 일을 꾸준히 한다는 건 어설픈 마음으로는 절대 해낼 수 없는 하나의 믿음이고 그런 믿음을 잃지 않는다면 분명 빛을 낼 수 있지 않을까. 출판사에게 12번의 거절을 당했지만 포기하지 않고 자신의 아이디어를 믿은 해리 포터 시리즈의 저자처럼 말이다.

이처럼 진짜라고 말할 수 있는 사람을 보면 자기 자신을 믿었던 사람이지, 요행을 바라거나 운을 바라는 사람은 아니었다. 대가를 앞서 생각하지 않고 꾸준히 노력한다는 게 말처럼 쉽지 않고 흔들릴 때도 있겠지만 힘닿는 데까지 나를 믿으며 열심히 해 보려고 한다. 그러다 보면 박수받을 만큼 좋은 글을 쓰진 못해도 열렬히 부딪치며 최선을 다해 달려온 흔적을 봐 주는 사람이 몇 명쯤은 있지 않을까. 그거면 될 것 같다. 오늘도 나의 묵직한 저벅저벅을 응원한다.

때로는 채우고

힘들다고 말하면서 더욱 괴로워하는 사람
이 있는가 하면, 별거 아니라는 듯 흘려보
내는 사람이 있다.

어두운 기운을 전염시키는 사람이 되기보
다는 이왕이면 웃어넘길 수 있는 사람이
되자.

상황을 탓하지 말고 그것을 마주하는 태
도를 바꾸는 사람이 되자.

나만 바뀐다면 덩달아 바뀌는 상황들이
수없이 많아질 테니까.

다가올 삶이 밝아질 테니까

어렸을 때 구구콘 아이스크림을 무척 좋아했다. 쭈쭈바나 떠먹는 것보다 과자도 같이 먹을 수 있는 초코 맛 아이스크림. 성인이 된 지금도 종종 즐겨 먹는다. 그때와 다르게 더 다양하고 맛있는 간식이 많이 생겼지만 여전히 내겐 구구콘이 으뜸이다.

이처럼 어릴 때의 좋았던 기억은 오랜 시간이 지나도 유독 오래 남는 것 같다. 어떤 음식을 좋아했는지, 무엇을 꿈꿨는지. 이런 기억들이 모여서 지금의 내가 됐듯 지금 내가 보고 느끼는 것들은 또 훗날의 내가 될 것이다.

그러니 지금 즐겁게 할 수 있는 걸 놓치지 않고 생각으로 그치기 아쉬운 것들을 경험하면서 지내려 한다. 무엇을 느끼며 보냈는지에 따라 앞서 다가올 삶이 달라질 테니까. 이것이 밝은 다음으로 나아갈 수 있는 하나의 방법이 될 수도 있으니까 말이다.

미움받을 용기

중학생 때, 친구들과 불가마 사우나에 자주 가고는 했습니다. 냉탕에서 수영도 하고 오락 시설도 있고 먹을거리도 많아서 심심할 틈이 없던 곳이었습니다.

한번은 한증막에서 땀도 빼고 배도 든든하게 채운 뒤 수면방에서 낮잠을 잘 때 일이 생겼습니다. 자기 전 머리맡에 두었던 핸드폰이 없어진 겁니다. 그때 당시 처음으로 MP3 기능이 탑재된 최신 기기였습니다. 친구들이 장난을 치는 것도 아니었습니다. 카운터 분실물에도 제 건 없었습니다. 옷장에도 가방에도 그 어디에도 없었습니다. 이대로 집에 갔다간 쫓겨나는 건 물론이고 다시 핸드폰을 사 주지 않을 게 분명했습니다. 아마 어린 나이에 맞이한 인생 최대의 위기였을 것입니다. 한참 동안 몇 번이고 사우나를 돌아보고는 부모님이 잠들었을 늦은 시간이 돼서야 집에 돌아왔습니다.

때로는 채우고

그렇게 며칠이 지났는지 모르겠습니다. 어느 날 집으로 전화 한 통이 걸려 왔습니다. 경찰서였습니다. 제가 잃어버린 핸드폰 번호를 말하며 본인 것이 맞는지 확인 후 경찰서로 출두하라고 합니다. 훔쳐 간 범인이 온라인 게임 사기에 이용했고, 그 때문에 저도 조사를 받아야 한다고. 물론 부모님과 함께 말이죠. 그날 저녁, 며칠이 지날 동안 핸드폰을 잃어버린 사실을 말하지 않았다는 이유로 크게 혼이 났습니다. 중요한 건 잃어버린 게 아니라 솔직하지 못했던 점, 그래서 이런 일이 발생하지 않도록 대처하지 못한 게 잘못이라는 말씀이 여태 기억 속에 남아 있습니다.

살면서 말하기 쉽지 않은 실수나 잘못을 저지른 적이 있나요? 지나고 보면 별것도 아닌데 그 순간엔 왜 그리 드러내 보이거나 책임질 엄두가 나지 않는지. <미움받을 용기>라는 유명한 책이 있습니다. 이미 없어진 핸드폰이 중요한 게 아니라 일어난 일을 받아들이는 용기, 또 그에 합당한 책임을 미루지 않아야 한다는 말일지도 모르겠습니다.

흠 없이 사는 건 불가능합니다. 어쩌면 그런 삶 속에서 가장 중요한 건 뒤돌아 도망치지 않는 태도가 아닐까 생각합니다.

모순

'기후 위기로 수많은 사람이 굶주림에 직면해 있다.'

'예술이 생명, 식량, 정의보다 소중한가.'

'그림을 지키는 것이 더 걱정인가, 아니면 우리 지구와 사람들을 보호하는 것이 더 걱정인가.'

인터넷 기사 하나를 읽었습니다. 반 고흐의 그림 〈해바라기〉에 토마토수프를 뿌린 시위대의 내용이었는데요. 레오나르도 다빈치의 〈최후의 만찬〉, 존 커스터블의 〈건초마차〉 등 세계적으로 유명한 그림을 겨냥하여 시위를 벌이고 있었습니다.

이들은 정부에게 화석 연료 신규 허가와 생산 중단을 요구하는 환경 단체라고 합니다. 예술 작품이 담고 있는 자연이나 삶의 아름다움이 기후의 위기로 인해 사라지고 있다는 메시지를 전달하고자 이런 행동을 하고 있다고 합니다. 거기에 더해서 도로 위에 누워 차량 통행을 막아서

기도 했는데 이 때문에 아이를 후송하던 구급차, 그리고
출동하던 소방차까지 통행에 어려움을 겪었다고 합니다.

화석 연료가 일상생활에 어느 정도의 영향을 끼치고 있
는지 잠시 생각해 봤습니다. 자동차, 비행기, 배 같은 이동
수단부터 각종 화장품, 섬유 하물며 약까지. 만약 생산이
중단된다면 생활에 필요한 많은 것이 제한될 것입니다.

우리는 가끔 타당하지 못하다는 것을 스스로 인지하거
나 혹은 그것을 인정하는 걸 어려워하기도 합니다. 자신의
의견이나 생각을 고수하기 위해서 상대방의 고통을 모른
척하기도 하고, 필요시 힘을 싣고자 같은 생각을 가진 이
들이 모여 '인지 부조화' 상태를 정당화하기도 합니다. 이
런 사람들 대부분은 본인의 잘못된 점을 받아들이는 것보
다 되려 목소리에 힘을 주는 쪽을 선택합니다. 앞서 말했
듯 타당하지 못하다는 것을 인정하기 어려워하니까요.

그들의 행동에 악의가 담겨 있지 않다는 것과 말하고자
하는 바를 모르는 건 아닙니다. 다만, 물음표를 꼬리에 달
고 있는 몇 가지의 생각이 듭니다. 사진 속에 염색약으로
물들여져 있던 시위대의 머리카락과 바닥에 흩뿌려진 토
마토수프 2개가 필요할 지도 모르는 어떤 이에 대해서요.

숨은 얼굴들

조용한 공간에서 글을 쓰는 게 집중이 잘 되지만, 가끔은 외부에서 작업하고 싶어질 때가 있다. 그럴 때마다 종종 가는 곳이 있는데 현역 작가님이 운영하시는 카페 겸 서점이다. 내가 한창 글쓰기 모임에 다닐 때부터 1년을 넘게 다녔더니 이제는 작가님과 개인적인 고충을 털어놓을 만큼 가까워지고 내 방처럼 마음이 편해지는 곳이 됐다. 하지만 작가님이 가끔 내가 읽는 책에 대해서 질문을 하실 땐 조금 당황하곤 한다.

"그 작가님 책 어때요?"

그저 단순히 궁금해서 물어보는 건 알겠는데, 나에겐 쉽지 않은 질문이다. 물론 내 취향을 토대로 "글이 좋아요.", "어려운 문장이 많아요." 등 간단하게 이야기할 수도 있지만 몇 마디의 말로 글이라든가 글쓴이에 대해서 설명하기가 쉽지 않은 것이다. 어떻게 보면 내 개인적인 의견으로 누군가가 평가되고 규정지어져 버리는 거니까. 어떤 답변을 할 것인가 고민하게 되고 조심스러워진다.

한번은 이런 생각을 한 적이 있다. 만약 누군가 나에 대해 묻는다면 상대방은 어떤 식의 답변을 할 것인가. 우선은 말수가 적은 사람. 그래서 표정도 적은 사람. 친해지기 어려운 사람. 매우 현실적이고 직설적으로 말하는 사람. 예민한 사람. 대체로 나에 대한 평판은 이런 것들이지 않을까 싶다. 물론 이것도 내가 가지고 있는 모습 중 일부겠지만, 이게 전부가 아니라는 건 잘 모를뿐더러 대부분 더 궁금해하지 않는다.

실제로는 말수가 적다기보다 상대방의 말을 들어 주는 쪽을 더 좋아하고 관계를 늘리는 것보다 지금 내 곁에 있는 사람들에게 집중하는 성격이다. 그래서 친해지기 어렵다고 느꼈을지도 모르겠다. 가끔 예민하다는 말을 듣기는 하지만, 그건 그 사람의 기준에서 나를 바라봤기 때문이지 않을까. "뭘 이런 것 가지고 그렇게 예민하게 반응해." 라는 식이 대부분이었으니. 표정이 적다는 건 글쎄, 친한 사람들과 있을 땐 하하 호호 장난도 치고 가끔 눈물을 보이기도 하니까 조금 더 가까워지면 알 수 있는 부분인 것 같다.

이렇듯, 사람은 복잡하고 또 복합적이어서 무엇 하나 단정 지을 수 없음에도 우리는 눈에 띄는 몇 가지만으로 누군가의 성품을 쉽게 판단한다. 나 역시 대화 한 마디 나눠보지 않고 먼발치에서 본 모습만으로 누군가를 판단했던 적이 얼마나 많았던가. 좋은 쪽으로든 나쁜 쪽으로든 말이다. 하지만 조금만 가까워지고 나면 성급하게 내린 판단은 바뀌기 일쑤였다.

이제는 나처럼 친해지기 어려워 보여도 속으로는 자주 웃고 다정한 마음을 가진 사람이 많다는 것을 알기에, 겉모습만으로 누군가를 규정짓지 않아야겠다. 그게 누구든지 간에, 나부터라도 말이다.

해 보고, 헤매고

'내 삶이다.', '내 마음 가는 대로 선택하며 사는 거다.'

한때는 이런 당돌한 마음으로 살았다. 하지만 매번 옳은 선택은 아니었다. 주변의 말에 귀 기울이지 않아 후회하는 때도 있었고 차라리 아무것도 하지 말걸, 낙담하는 때도 있었다. 또 실패하면 어쩌지. 혹시 넘어지면 어떡하지. 무엇이든 다 해낼 수 있을 것 같던 호기로운 마음은 점점 작아지고 선택의 갈림길은 내게 두려움이었다.

그렇다고 선택하지 않는 삶을 살 수도 없는 노릇이니까, 그럴 때마다 내가 할 수 있는 것이라고는 일단 해 보는 것. 더뎌도, 멀리 돌아가더라도, 가파른 오르막이거나 후회스러운 길이라도, 서투른 내 모양새가 누군가에게 우습게 보여도 일단 부딪쳐 보는 것이었다. 해 보지 않으면 성장할 수 없고 헤매지 않으면 알 수 없는 게 있으니까. 때로는 좋은 일에서 얻는 깨달음보다 힘들고 어려운 일들로 얻는 깨

때로는 채우고

달음이 더 크게 기억되고 도움 되는 법이니까. 차근차근 나아가는 삶, 부러지지 않는 나. 앞으로도 계속 이런 나였으면 싶다. 주저하지 않고 나아가다 보면 언젠가 어느 멋진 곳에 도착할 수도 있으니까.

하고 싶은 말 하면서 살아야지

"별거 아닌데 네가 좀 예민한 거 같아."라며 종종 나를 탓하는 사람들이 있다. 사실 성격이 예민한 게 아니라 내 감정을 솔직하게 말하고 싶은 건데. 어째서 잘 참는 사람이 이기는 것이고 진정한 어른이라는 건지 모르겠다.

하고 싶은 말을 속으로 삼키는 것만큼 바보 같은 일이 또 있을까. 참으면 다 해결되는 게 아니라 점점 만신창이가 되는 것뿐, 하고 싶은 말 하면서 살아야지. 잘 사는 방법은 어렵지 않다. 나 자신에게 솔직해지는 것.

나를 잃으며 살 필요 없다는 뜻이다.

때로는 채우고

연약해져요, 우리

글을 오래 쓰면 쓸수록 쓰는 게 어려워집니다. 생각 하나 쓰는 것도 곱씹고 따져 보고 연습해 보게 되네요. 시간이 지날수록 쉬워질 거라고 생각했는데. 아는 만큼 더 잘 쓰고 싶어서인지 신중해집니다.

사람 사는 것도 그래요. 나이가 찰수록 쉬워지고 무던해지기는커녕 더 힘들어집니다. 이런저런 일 많이 겪으면서 학습하다 보면 어렵지 않을 거라 여겼는데, 어째서인지 하루를 살아 내는 것도 버겁기만 합니다. 아마 잘 살고 싶다는 욕심 때문이겠지요. 정말 잘 살고 싶다면 오히려 그런 욕심을 등지고 조금 연약해질 필요가 있는 것 같습니다.

때로는 행복하기 위해서

마음속에 무엇을 채우는 것보다

탁한 것을 비워 냄으로써

삶이 조금은 상쾌해질 수도 있다.

내가 너를 응원해

인생에 큰 벽을 마주할 때마다 응원해 주고 나아갈 수 있게 힘이 되어 주는 존재가 있다는 것. 최선을 다했던 지난날에 회의감이 든대도 잘하고 있다는 말 하나로 금세 괜찮아지곤 하는 것. 지금 이 자리에 오기까지 앞에서 끌어당겨 주고 옆에서 지탱해 준 사람들이 있다는 건 어떤 것보다도 값진 일인 것 같다. 그들이 있어서 오늘도 열심히 살아갈 수 있고 앞으로 나아갈 힘이 생긴다. 당장은 한 걸음 한 걸음이 무겁고 막연하게 느껴지더라도 나를 지켜봐 주고 응원해 주는 곁사람들을 믿고 나아가야지. 뒤돌아서지 않아야지. 누군가에게 위로받고 나 또한 누군가에게 응원을 건네며 멈추지 않는 삶을 살아야지.

이런 내가 좋다

훗날 오답이 되더라도 매 순간 마음에 드는 선택을 하며 나아가는 내가 좋다. 항상 옳은 선택일 수는 없겠지만 오롯이 나의 시선으로 채우며 살아간다는 건 참 근사한 일이지 않은가. 그 누구의 의지도, 참견도 없이 차근차근 나아가는 삶. 스스로 일궈 내는 미래. 그렇게 점점 단단해지는 나. 앞으로도 계속 이런 나였으면 싶다.

어딘가 서툴고 자주 실수해도 움츠러들지 않는 사람. 완벽해질 수는 없어도 더 나은 내가 되기 위해 노력하는 사람. 마음이 건강한 사람이 돼야겠다.

때로는 채우고

누구에게나 착할 필요는 없어

누구에게나 착한 사람은 항상 손해를 보기 마련이다. 내가 얼마나 배려하고 희생하는지 그들은 정확히 알 수 없다. 하물며 때로는 당연하다 여기기도 하고 별 볼 일 없게 생각하기도 한다.

그러니 관계 속에서 당신이 상처받지 않으려거든 누구에게 호의와 마음을 건네야 할지, 누구의 곁에 머무를지 잘 선택해야 한다. 이런 고운 마음씨를 가지고 있다는 이유로 상처를 받아선 안 되니까. 내 성의를 가볍게 여기는 사람, 고마움을 모르는 사람, 배려를 당연하게 생각하는 사람에게는 더 이상 착한 사람일 필요 없다. 건넨 만큼 돌려받지 못하더라도 최소한은 고마워할 줄 아는 사람 곁에 머무르자.

좋은 사람이 될 수 있도록

별거 아닌 말임에도 듣기 좋게 하는 사람이 있다. 상대방이 어떻게 말하면 좋아하는지 알고 일부러 하는 게 아니라 툭 내뱉은 것이 이상하게 기분을 좋게 만드는 것이다.

말이라는 건 대체로 마음에서 나오는 거니까. 이런 다정한 마음을 가진 사람으로 우리의 주변을 채우자. 관계라는 건 결국 비슷한 사람들이 모여 함께 나아가기 마련이다. 나 역시 다정한 사람이 될 수 있도록, 따듯한 마음을 전염시키는 사람이 될 수 있도록. 그래서 우리의 삶이 좋은 방향으로 나아갈 수 있도록 다정한 마음을 곁에 두자.

때로는 채우고

그래도 괜찮아

요즘 가장 부러운 사람은 든든한 내 편이 있는 사람이다. 나의 잘못을 구체적으로 설명하는 사람은 많지만 "그래도 괜찮아."라며 한결같이 따듯하게 대해 주는 사람은 드무니까. 가끔 거센 바람을 만나 흔들리기도 했다가 비구름에 흠뻑 젖기도 하고, 사는 게 마치 모래주머니를 차고 달리는 것처럼 힘들게만 느껴질 때. 한 걸음 나아가면 뒤로 세 걸음 밀려나는 것 같을 때. 완전하지 못한 나를 챙겨 주고 보듬어 주는 누군가가 있는 것만큼 든든하고 행복한 게 있을까.

예전엔 그저 사는 게 힘든 거라고 생각했는데 이제는 안다. 그 자리에 주저앉아 엉엉 울고 싶을 때 기댈 수 있는 곳이 없다는 게 힘든 것임을. 변함없이 누군가의 곁에서 따듯함을 건넨다는 건 마냥 가벼운 일이 아니라는 것을.

함께 행복한 삶

누군가와 함께하는 것보다 혼자가 편하다고 여길 때가 있었다. 내가 하고 싶은 것, 추구하는 것, 하물며 먹고 싶은 것까지. 모든 면에서 눈치를 보거나 신경 쓸 필요 없으니까 원하는 방향으로 삶을 채워 나갈 수 있어서 좋다고 생각했다.

하지만 나이가 들면서 많은 사람을 만나고 다른 누군가와 함께하는 시간이 늘어날수록 오히려 내 삶이 전보다 더 넓게 퍼져 나감을 느꼈다. 혼자였다면 발 디딜 수 없었을 곳에서 겪는 새로운 경험부터 넓어지는 선택의 폭이 기꺼웠고, 이런 것들이 쌓이고 쌓여 더 단단하고 다채로운 내가 될 수 있었다.

어쩌면 곁에 좋은 사람을 둬야 하는 이유는 그럴수록 좋은 삶이 되기 때문이지 않을까. 이제는 나 혼자만 행복하면 그만이 아닌, 함께 행복하고 함께 키워 나가는 삶을

때로는 채우고

살아야겠다. 더불어 나 또한 누군가에게 좋은 삶을 선물
할 수 있는 사람이 돼야겠다.

Part 3.

함께일 때
행복하고 싶다면

마음에 배려가 물들다

봉선화꽃 아시지요. 제가 어릴 적엔 꽃잎을 다져 묽게 만든 뒤 손톱 위에 올려 물들이는 게 유행이었습니다. 그때 당시 다세대 주택이 밀집해 있는 곳에 살았었는데, 줄지어 있던 주택의 대문 앞에는 항상 이름 모를 꽃들과 때가 되면 봉선화꽃이 만개해 있어서 손쉽게 꽃을 꺾어 물들이곤 했습니다. 그러다 문득 이 꽃을 나도 키워 보고 싶다는 생각이 들었는데, 아마 식물을 애지중지 키워 내는 어머니의 영향을 받지 않았을까 합니다. 그래서 학교 앞 문구점에 멋있는 로봇이 그려진 가방이나 3단 변신과 축구 게임이 가능한 필통 같은, 나를 유혹하는 것들이 많았는데도 불구하고 봉선화 씨앗을 사서 집 마당에 심었습니다.

그때부터 10살 남짓 꼬마에게는 꽃을 피우겠다는 사명감이 생겼습니다. 집을 나설 땐 화단에 아침 인사를 하기도 했고 산만한 교실 속에서도 개미들이 씨앗을 먹어 버리진 않을까 걱정만 했습니다. 방과 후에는 친구들과 팽이를

돌리는 것보다 화단에 물을 주는 것이 하루의 낙이었습니다. 시간이 흘러 소매가 짧은 옷을 입게 되었을 때 그동안 쏟아부은 관심과 사랑은 분홍빛 결실로 보답을 해 주었고, 그 순간은 이루 말할 수 없이 기뻤습니다.

하지만 그 기쁨은 오래가지 못했습니다. 잠자리에 누우면 어렵게 키워 낸 꽃을 지나가는 누군가가 본인의 욕구를 채우려고 꺾어 가진 않을까 걱정하기 바빴고, 집을 나설 때면 얼른 다시 돌아와 꽃을 돌봐야 한다는 생각에 온통 초조한 마음뿐이었습니다. 어쩌면 그동안 손쉽게 꺾었던 봉선화꽃들도 누군가의 사랑을 먹고 자란 결실이지 않았을까요. 만개한 꽃을 바라보는 게 하루의 낙이었을 테고 걱정과 초조함에 편히 잠을 자지도 못했겠지요.

살다 보면 직접 겪어 보지 않은 일을 내가 괜찮다고 치부해서 누군가를 아프게 하고 불편하게 만드는 일이 종종 있습니다. 그건 관계에도 있고 때론 사랑에도 있고, 삶 전체에 있기도 합니다. 나에겐 괜찮은 일이 상대방은 괜찮지 않을 수 있다는 것. 그런 생각을 가지고 매 순간 조심하고 신경 써야겠지요. 서로가 서로에게 마음 쓰고 존중하며 배려하려는 자세야말로 가장 기본이 돼야 하는 좋은 관계의 면모입니다.

함께일 때

이제는 집 앞을 산책하다 피어 있는 꽃을 보면 예쁜 꽃병이 생각날 때도 있지만, 그것을 키워 낸 누군가의 관심과 사랑을 잘 알기에 꽃에 대한 예우를 갖춰 봅니다.

깊이로 나타내는 것

시간은 누구에게나 공평하다. 하지만 나이가 든다고 해서 모두 어른이 되는 건 아니다. 마찬가지로 오랫동안 관계를 유지했다고 해서 좋은 관계라 할 수 없고 진정한 사랑이라고 단정 지을 수 없다. 얼마나 살았는지보다 어떤 순간을 보냈고 그 속에서 무엇을 느끼고 배웠는지, 서로를 겪어 가며 얼마나 깊은 진심을 나누고 최선으로 대했는지가 중요하다.

사람과 관계는 그동안 보내 온 시간으로 말하는 게 아니라 깊이로 나타나는 것이다. 부디 짧다면 짧고 길다면 긴 삶을 의미 없이 보내지 않기를. 단 하루를 사랑해도 서로를 생각하는 마음에 흠뻑 빠지는 사랑을 나누기를.

함께일 때

기꺼이

　사랑을 할 때 자신의 모습을 잃지 않아야 좋은 관계라
는 말이 있다. 하지만 내가 보거나 느꼈던 사랑은 달랐다.
한 사람을 위해서 때로는 친구가 되어 주기도 하고 개그맨
이 되어 주기도 하고 어떨 때는 서투른 요리사도 됐다가
유독 지쳐 보이는 날엔 포근한 이불이 되어 주기도 했다.

　사랑이라는 이유로 하기 싫은 것을 억지로 하는 건 분
명 좋지 않다. 다만, 그 사람이라서 기꺼이 할 수 있고 바
뀔 수 있다는 건 그만큼 사랑이 깊다는 게 아닐까. 어떤
모습으로든 그 사람을 웃게 해 주고 싶은 마음이니까. 웃
는 모습으로 하여금 자신도 행복하다고 느낄 테니까.

연인이 된다는 건

좋아하던 사람과 연인이 된다는 건, 전처럼 마냥 좋아할 수 있던 마음으로만 대할 수 없다는 것과 같다. 좋아하는 일을 직업으로 삼는다고 해서 무조건 좋은 삶으로 나아가지 않는 것처럼 말이다. 그 마음을 지키기 위해서는 때때로 하기 싫은 일도 해야 하며, 무거운 책임이 따를 때도 있다. 하다못해 이런 걸 버텨 내는 동안 좋아하는 마음이 점점 희미해지기도 한다.

하지만 그럼에도 견뎌 내는 것. 좋아하는 걸 지키기 위해 고통도 감수하고 더 나아갈 이유를 찾는 것. 어쩌면 이것이 연인이 된다는 진짜 의미가 아닐까. 시간이 지날수록 사랑을 키우는 것만큼이나 중요한 것이 사랑을 지켜 내는 것임을 명심하자.

함께일 때

퉤퉤퉤

마음에 상처가 한 번 생기면 아무렇지 않았던 때로 되돌릴 수 없다. 아무리 오랜 시간이 지나도 결코 없던 일이 되지 않는다. 시간에 의해서 생긴 얼룩은 벅벅 문질러도 지워지지 않는 것처럼 말이다.

퉤퉤퉤, 한 번으로 무를 수 있다면 얼마나 좋을까. 그럼 내 마음에 생긴 얼룩도 말끔해지고 누군가에게 준 상처로부터 자유로워질 수 있을 텐데. 관계가 어려운 이유는 상처를 주지 않고 지켜 내야 하기 때문인 것 같다.

그러니 좋은 사람을 떠나보내지 않으려면 말이든 마음이든 성급하게 꺼내지 말아야지. 순간의 감정으로 관계를 대하지 않아야지. 익숙함 속에서 더욱 차분해져야지. 내가 받은 마음보다 더 큰 마음을 내어 주어야지. 더 많은 것들이 주위에 머무를 수 있도록.

마음을 쓰다듬어 주는 사람

비싼 옷과 액세서리로 자신을 꾸미는 사람보다 구멍 난 옷을 입어도 마음에 꾸밈없는 사람이 좋다. 노을이 예쁘다고 말하는 사람보다 노을이 예쁘니 함께 걷자고 말해 주는 사람, 좋은 풍경을 보며 나란히 앉아 차를 마시는 것도 좋지만 마주 앉아 눈을 맞춰 주는 사람이 좋다. 말보다 마음이 먼저 들리는 사람. 성급하게 내뱉는 한마디보다 조금 부족해도 괜찮으니 나를 깊이 생각하고 있다고, 나를 정말 좋아하고 있다고, 마음을 쓰다듬어 주는 사람이 좋다.

그런 사람을 사랑하는 일 또한 좋다.

함께일 때

그저 좋은 사람, 좋은 마음

한때는 금전적으로 여유가 있어야 행복도 느낄 수 있다고 생각했다. 그래서 주변의 작은 행복은 재미없다고 여기기도 했고 돈이 없을 땐 불행하게 느껴지기도 했다. 하지만 시간이 지날수록 나를 행복하게 만들어 주는 건 값비싼 시계도, 남들이 부러운 눈으로 쳐다보는 차도 아니었다.

나를 미워하는 사람들 속에서 이유 없이 좋아해 주는 사람. 힘들다고 말하지 않아도 알아차려 주는 사람. 자주 만나지 않아도 꾸준한 마음을 주는 사람. 겉만 훑어보고 떠나지 않고 따듯한 곁사람이 되어 주는 사람들과 함께한다는 것이 진짜 행복이라는 것을 알게 됐다.

우리를 웃음 짓게 하고 삶에 행복이 되는 건 지나치게 큰 무언가가 아니다. 그저 좋은 사람, 좋은 마음들이다.

관계에서 결이 맞는다는 말은

이런 게 아닐까.

무엇이든 어느 한쪽으로 치우치지 않고

서로를 이해하며 공감할 수 있다는 것.

목표나 관심사, 가치관이 비슷해서

나아가는 방향도 행복의 방향도

비슷하다는 것.

그래서 때때로 도움을 주고받으며

어려운 순간도 함께 이겨 낼 수 있다는 것.

종종 서로 간에 잡음이 생기더라도

관계의 소중함을 알고

그것을 지키려 애쓴다는 것.

구태여 노력하지 않아도

서로에게 편안함을 건네고

믿음과 확신을 안겨 주는 것.

그런 관계.

보통의 행복

오늘 하루 종일 네 생각만 했어. 행복하기도 하고 한편으로는 두렵기도 해. 이만큼 행복해도 되는 건가, 이렇게나 웃을 일이 많아도 되나 싶다가 이게 무너지면 얼마나 아플까 두려운 거지. 사랑하는 만큼 마음의 아픔도 크게 느껴질 테니까. 이런 감정들은 커튼을 쳐도 새어 들어오는 빛처럼 내가 어쩌지 못하는 감정이라서 그럴 땐 더 간절하게 행복한 기억을 살피곤 해.

그래서 우리가 더 많이 행복하기 위해 필요한 게 뭘까 생각해 봤어. 그건 사랑을 말할 때 아끼지 않고 말하는 것, 두려움에 신경 쓸 마음을 사랑하는 데에 쓰는 것, 우리가 좋아하는 일을 찾는 것, 막다른 순간을 맞이하더라도 다른 길을 찾으면 된다는 마음가짐이지 않을까 싶어. 나름 좋은 것들을 써 놨지만 사실 항상 행복할 수만은 없는 거잖아. 다만 우리가 함께한다는 것만으로도 보통의 행복 정도는 되지 않을까.

함께일 때

그러니 우리 오래도록 함께 걷자. 서로가 하나인 것처럼 발을 맞추고 이왕이면 손깍지 끼고 걷자. 가끔 서로 다른 풍경을 보더라도 마음만은 마주하고 살자. 그러면 우리가 걷는 길 끝에 무엇이 있든 더없이 행복하지 않을까. 항상 함께일 테니까.

기대고 싶은 마음

사이가 깊어질수록 점차 내 감정을 알아줬으면 하는 마음도 커진다. 위로나 공감을 바라서가 아니라 오랫동안 마음을 나눈 친구에게, 그리고 사랑하는 사람에게 의지하고 기대고 싶어서. 또 단순히 이해해 줬으면 해서 투덜거리고 한숨 쉬며 탄식하는 경우가 많다. 하지만 이럴 때일수록 잊지 않아야 할 게 있다.

'힘들다.', '두렵다.', '화난다.' 같은 침울한 말을 지속적으로 하다 보면 상대방 또한 힘들어질 수 있다는 것을. 옆에서 힘이 되어 주고자 했던 마음도 어두워질 수 있다는 것을.

때로는 누군가에게 기대고 싶고 또 칭얼대며 불평을 쏟아 내고 싶은 순간이 더러 있지만, 그 시간 속에서도 멈춰야 할 때가 있고 감정을 절제할 필요가 있다는 것을 잊지

함께일 때

않아야 한다. 곁에 힘듦을 나눌 수 있는 사람이 있다는 건
큰 행복이라는 것 또한 잊지 말아야 한다.

단순한 인사치레면 어떻고 가벼운 말뿐이면 또 어때. 삶에 지치고 위로가 필요할 땐 그런 형식적인 말들도 큰 힘을 발휘할 수 있는걸.

힘든 걸 아무도 몰라주는 것보다 낫고, 무엇보다 그 속에 따듯한 진심이 담겨 있다는 걸 아니까.

가끔은 나도 무조건적으로 힘이 될 수 있는 말을 해 주는 사람이 돼야지.

비록 해 줄 수 있는 게 말뿐이더라도 누군가 그 따듯한 온기에 기대서 기운 낼 수 있도록.

✳ ✕ ✦

적당한 긴장감

요즘 회사가 소란스럽다. 창립 이래 처음이라는 말이 나올 정도로 짧은 시간에 큰 문제가 여럿 생겼다. 우리 회사만의 일이면 다행이지만, 다른 기업에까지 큰 피해를 입히다 보니 서로 간의 신뢰 문제에 빨간 불이 들어왔다. 하지만 회사가 소란스러운 것에 비해서 대부분 문제는 아주 자잘한 실수에서 비롯되었다. 물론 사람이니까 실수할 수도 있고 늘 해 오던 일이라고 항상 완벽히 해내기는 어려우니까. 실제로 회사에서 근무하는 사람들은 최소 10년 이상 같은 일을 해 왔기 때문에 누구보다 능숙한 사람들이었는데도 이런 일이 생긴 것이다.

그렇다는 건 일을 너무 잘하기 때문에, 너무 익숙해서 실수하지 않을 거라는 확신 때문에 주의해야 할 부분도 안일하게 대한 탓이지 않을까. 실제로 초보 운전자와 경력이 많은 운전자를 비교했을 때 큰 사고가 나는 건 주로 운전 경력이 많은 쪽이다. 항상 긴장한 상태로 운전하는 초보와는 다르게 눈 감고도 할 만큼 능숙하니까. 핸드폰을 보며 딴짓하거나 황색 신호를 무리하게 통과하다가 결국 큰 사고로 이어지는 것처럼 말이다.

이처럼 어떤 일이든 오래 하다 보면 점차 긴장감이 없어지고 쉽게 생각하면서 한편으로는 나태해지기도 한다. 어쩌면 오랜 시간을 함께하고 더없이 소중한 사람들과 크게 다투거나 곁을 떠나기도 하는 이유는 이런 안일함에서 오는 거지 않을까. 긴장감이 없어지면서 편하게 대하다가 불쾌감을 주기도 하고 쉽게 생각하면서 자신도 모르게 선을 넘고 내 사람이라고 말할 수 있을 만큼 가까워졌다가도 점점 소홀해지면서 자연스럽게 멀어지는 게 아닐까.

관계라는 게 항상 좋을 수는 없겠지만, 아예 끝나 버리면 아무리 수습하고 되돌리려 해도 전과 같을 수 없다. 그러니 끝나지 않았을 때 노력해야 한다. 관계가 여전할 수 있도록 작은 긴장감을 가지는 일이 정말 중요하다는 걸 잊지 말길 바란다.

함께일 때

당연하지 않은 마음

때때로 가까이 지내던 사람에게 베푼 호의가 쉽게 잊히거나 당연하게 여겨지는 경우가 있다. 그럴 때면 딱히 대가를 바라지 않았던 내 의도에 의구심도 들고 순수한 마음이 가벼워 보인다는 생각마저 든다.

가까운 사람이기에 건네주는 다정함이나 위해 주는 마음을 당연시하는 것. 결국 이런 마음 때문에 관계를 망치곤 한다.

내가 마음 쓸 사람이 있다는 것과 내게 다정을 건네주는 사람이 있다는 건 참 행복한 일이니까. 그런 소중한 관계가 있다면 당연하게 여기지 말고 곁에 있을 때 온 마음을 다해 표현하자. 고마움을 잊지 않고 말하는 것. 작게나마 되돌려 주는 마음. 관계를 지키고 유지하는 건 생각보다 어렵지 않다.

좋은 관계의 면모

수많은 관계를 마주하며 깨달은 게 있다. 성격이 비슷하고 닮은 게 많아도 다른 점 한 가지 때문에 멀어지기도한다는 것, 서로의 다름을 존중하지만 완전히 이해할 수는 없다는 것이다. 아무리 깊은 관계라고 해도 사람과 사람이 어우러진다는 게 항상 원만할 수는 없으니까.

그렇다면 좋은 관계의 면모는 서로 간에 크든 작든 충돌이 생기지 않는 것보다 문제가 생겼을 때 그것을 현명하게 풀어내고 개선하는 것에 있지 않을까. 물론 충돌이 없다면 더할 나위 없이 좋겠지만, 서로 부딪히는 과정에서 누구의 잘잘못을 따지는 게 아니라 다툼의 원인과 앞으로 나아질 방법을 찾는다면 관계는 오히려 더욱 돈독해질 테니까.

우리가 중요하게 여겨야 할 건 자신과 비슷한 사람을만나려고 노력하는 것보다 갈등을 풀어내고 관계를 이어

함께일 때

가고자 지켜 내는 사람을 만나야 한다는 것이다. 사소한 문제로 섣불리 그 관계를 판단하지 않는 사람 말이다.

이런 사람과 함께하고 싶다.

진심을 가지고 사람을 대하는 사람. 자신을 사랑할 줄 아는 사람. 내 상처를 꺼내어 보여도 그것을 약점 잡지 않는 사람. 형식적인 위로를 건네기보다 말없이 곁을 내어 주는 사람. 자신이 가지지 못한 것을 좇지 않고 가진 것의 가치를 아는 사람. 내게 좋은 말만 해 주기보다 조금은 따가울지라도 옳은 말을 해 주는 사람. 많은 인연을 곁에 두기보다 곁에 있는 사람을 소중히 여기는 사람. 서로 부딪치는 순간에도 감정만 앞세우지 않는 사람. 내 삶에 천천히 스며드는 사람.

✳ ✕ ✦

사랑하고 싶은 사람

살면서 여러 번 이별을 겪어 보니 점점 사랑에 신중해진다. 말을 예쁘게 하는 사람보다 마음이 투명해서 잘 보이는 사람에게 더 관심이 가고, 내가 무엇을 좋아하는지 아는 사람보다 무엇을 싫어하는지 묻고 신경 써 주는 사람에게 마음이 간다.

더 이상 한순간의 관심으로 뜨거워졌다가 금세 식어 버리고 마는 관계에 마음을 쓰고 싶지 않다. 이제는 굳이 보려고 하지 않아도 마음이 잘 보이는 사람, 관계 속에서 문제가 생기지 않도록 작게나마 신경 쓰고 노력하는 사람과 사랑하고 싶다.

우리가 놓치는 한 가지

관계에 실속이 없을수록 더 친절해지는 경우가 있다. 집 앞 편의점 사장님과는 살갑게 인사를 주고받는다지만 매일 저녁상을 차려 주시는 어머니에게 매번 감사하다고 표현하지 않는 것처럼 말이다.

가장 가까운 가족과는 쉽게 다투는 반면에 살아온 환경과 가치관이 전혀 다른 타인에게 친절한 이유는, 상대방을 대하는 마음가짐이 다르기 때문이지 않을까. 관계가 가까울수록 놓치는 것들은 어쩌면 여러 가지가 아니라 그 사람을 대하는 내 모습 한 가지일지도 모른다.

함께일 때

개똥 같은 철학

이 친구로 말할 것 같으면 서른 하고도 여섯 해를 보내는 동안 만났던 연인들에게 사랑한다는 말을 단 한 번도 하지 않은, "나 사랑해?"라고 묻는 말에 아랑곳하지 않고 "응."이라고만 대답하는, 애정 표현에 매우 인색한 동성 친구이다.

여기엔 그 친구만의 철학이 담겨 있다. 훗날 자신과 결혼하게 될 연인에게 프러포즈하며 백년해로를 기약하는 의미에서 사랑한다는 말을 처음으로 하겠다는 것. 그의 다짐이 이렇다 보니 만나는 사람마다 불만이 생길 수밖에 없었고 심하게는 이별로까지 이어지기도 했다. 그런 그가 어느 날 무척 다급한 목소리로 내게 도움을 청했다.

"너 지금 어디야?"

"작업하려고 밖에 나와 있는데, 왜?"

"있지, 내가 아이스크림 두 박스를 주문해 놨는데 오늘

도착한다고 연락을 받았거든. 그런데 지금 멀리 와 있어서 갈 수가 없네. 네가 우리 집에 가서 냉동실에 좀 넣어 주지 않을래?"

그가 사는 곳은 내가 사는 곳에서 불과 5분이 채 걸리지 않다 보니 이 일에 가장 적합한 사람은 나였다. 마침 혼자 사는 친구라서 그곳에서 작업하는 것도 괜찮을 것 같고, 아이스크림 몇 개와 쟁여 놓은 디저트도 마음껏 먹어도 좋다는 말에 흔쾌히 부탁을 들어주기로 했다.

다행히 내가 도착하고 난 후에 잘 포장된 아이스크림 상자가 배송되었다. 평소 정리 정돈에 무척 신경 쓰는 친구라서 냉동실에 종류별로 차곡차곡 정리한 후 아이스크림 하나 먹으면서 사진을 찍어 보내 주었다.

"아, 다행이다. 정리도 잘해 놨네. 돈 날리고 녹은 아이스크림 처리하기도 힘들어질 뻔했다. 디저트도 챙겨 먹어라. 고맙다, 사랑해."

나는 이 메시지를 어떻게 받아들여야 할지 잘 모르겠다.

더는 무모하고 싶지 않다

상대방이 내게 어떤 사람인가 아는 방법은 그 사람과 헤어지고 돌아오는 길에 내 마음이 어떤가를 통해서 알 수 있다. 누가 나를 외롭게 하고 몸에 힘을 빠지게 해서 허무하게 만드는지. 누가 내 마음에 기쁨을 가득 채워서 오래 여운을 남기고 다음을 기대하게 하는지. 하물며 누가 나를 배려하고 존중하는지 아닌지까지 관계가 끝나고 보면 알 수 있다.

그래서 이제는 생각 없이 아무 사람과 연을 시작하고 싶지 않다. 늘 조심스럽고 신중해야 하는 관계 속에서 더는 무모하고 싶지 않다. 이왕이면 함께 있을 때 마음이 편해지는 사람, 돌아오는 길에 좋은 감정을 떠오르게 만드는 사람, 잔잔한 호수처럼 심적 안정을 가져다주는 사람과 함께하고 싶다.

담백하게 사는 것.

일상에서 마주하는 행복을 온전히 누리며

더 큰 행복을 욕심내서 좇지 않고

내게 맞지 않는 관계는

미련 없이 놓아주는 것.

불필요한 감정에 휘둘릴 땐

잠시 멈춰 시간을 가지고 쉬어 가는 것.

쉽게 꺼내지 못하는 슬픔도

담담하게 버텨 내는 단단한 마음을 가지며

하고 싶으면 하고 하기 싫으면 하지 말고,

두루뭉술한 고민으로

시간을 낭비하지 않는 것.

삶이 버겁게 느껴질 땐

모든 걸 내려놓고 도망도 치는 것.

✷ ✕ ✛

사소한 관심

굳이 하지 않아도 될 말로 갈등을 만들거나 상대방에게 상처를 준다는 건 그만큼 그 사람을 모른다는 것과 같다.

관계 속에서 말을 주고받다 보면 크고 작은 갈등이 생길 수밖에 없다. 그러나 작은 관심만 있어도 상대방이 어떤 말을 좋아하고 싫어하는지, 지켜야 할 선은 어느 정도인지 쉽게 알 수 있다.

만약 관계를 오래 이어 가고 싶은 사람이 있다면 관심을 놓지 않아야 한다. 결국 오고 가는 사소한 관심이 관계를 돈독하게 만드는 것이다.

결국 찾게 되는 사람

　시간이 지날수록 만나는 사람만 만난다. 딱히 나를 꾸며 낼 필요도 없고, 언제 만나도 부담스럽지 않은 편한 사람들. 여전히 수많은 이름이 내게 머물기도 하고 흘러가기도 하지만 결국 찾게 되는 사람은 별다른 이유 없이 만나도 즐겁고 행복한 사람인 것 같다. 거리낌 없이 내 속마음을 말할 수 있는 사람. 기가 막힌 해결책을 내놓지는 못해도 고개 몇 번 끄덕이면서 잘 들어 주는 사람. 내게 부족한 부분은 메워 주고 서투른 나를 적당히 챙겨 주면서 내일은 내가 너의 기쁨이 되어 주는, 이런 사람들과 오래오래 웃으며 지내는 건 참 행복한 일이다.

애쓰지 말아라

억지로 하는 건 꼭 탈이 나는 법이다. 나 같은 경우엔 원하지 않는 술을 억지로 마시거나 하기 싫은 공부를 할 때. 관계에 있어선, 심적으로 불편한 상대에게 친절하게 굴고 미련이 남은 사랑을 잊어 내야 할 때 어딘가 고장이 나는 것 같았다. 어쩔 땐 단지 원하는 게 있어서 다가오는 사람도 내 감정을 꾹꾹 눌러 담으며 곁에 두려다가 나를 잃기도 했다.

관계라는 게 그렇다. 살다 보면 의도하지 않아도 가까워지고 멀어지는 인연이 얼마나 많은가. 곁에 많은 이를 두는 삶이 반드시 행복하다고 할 수 있겠는가. 내 힘으로 어쩌지 못하고 의지와 상관없는 것에 연연하는 내가 안쓰럽게 느껴진다.

애쓰지 말아라. 누군가의 삶에 스미었다가 흠뻑 빠지기도 하고 때론 뒷걸음질 치기도 하는 것처럼, 괜한 욕심과 미련으로 흘러가는 인연을 억지로 잡아 두지 말아야 한다. 좋은 인연이라는 건 불현듯 찾아와 나도 모르는 새에 가까워지는 것. 내 뜻대로, 입맛대로 되지 않는 게 인연이기에 끙끙 앓기도 하고 더 애틋하기도 하다는 걸 잊지 말자.

함께일 때

주워 담지 못하는 것이다.

엎질러진 물을 긁어모아 쓸어 담아도 되돌릴 수 없듯이, 아무리 가볍게 던진 말이래도 주워 담을 수 없다.

하물며 불만이나 예민함, 짜증스러움 같은 부정적인 기운은 감기 전염되듯 상대방의 마음에 더 손쉽게 또 깊게 가라앉는다.

언젠가, 어디에선가, 나의 날 선 말투와 차갑고 염세적이었던 마음이 누군가에게 고스란히 전해졌을까. 뒤늦게 엎질러진 물을 긁어모아 본다.

말의 무게를 아는 사람. 상대의 생각과 마음을 이리저리 헤집는 게 아니라 담으려는 사람. 말을 잘하는 것보다 하고 싶은 말을 참아 내고 귀 기울이는 것이 중요하단 걸. 이제야 알 것 같다.

✳ ✕ ✦

당신에 대해서

나에 대해서 잘 아는 사람이 있다는 건 얼마나 행복한 일인가. 글을 쓸 때 청포도 맛 사탕을 먹는다는 것을, 씩씩하지만 은근 부끄러움이 많다는 것을 당신은 알고 있다. 한 번 몸이 아프면 심하게 앓는다는 것도, 자주 몸이 붓고 눈이 충혈된다는 것도. 게다가 다른 사람 앞에서 슬픔을 얘기하거나 울지는 않지만 기댈 사람이 필요하다는 걸, 좋아하는 잔에 커피를 내려 마시면 마음이 평온해진다는 걸 당신은 잘 알고 있다.

마찬가지로 나도 당신에 대해 잘 알고 있다. 좋아하는 노래는 몇 번이고 반복해서 듣는 것을, 편애하는 계절이 있다는 것을, 아이들을 천사라고 부르는 것을 나는 잘 알고 있다. 사람들에게 붙임성이 좋지만 사실 많은 노력을 한다는 것도, 항상 밝은 모습을 보여 주지만 속에는 불안과 슬픔을 가지고 있다는 것도, 누군가 힘들어하면 그가 제일 좋아하는 잔에 커피를 내려 주는 사람이라는 것도 나는 잘 알고 있다.

앞으로도 우리가 함께한다면 당신에 대해 새로이 더 많은 것을 알 수 있을 테지. 지금까지 그래 왔던 것처럼 계속해서 당신에 대해 알아 가야지. 언제나 궁금해해야지. 대화에 물음표가 많다는 건 그만큼 관심을 가지고 있다는 거니까. 신경 쓰고 있다는 거니까. 사랑한다는 거니까.

노력으로 만들 수 없는 것

사랑하는 사람과 취향이 같은 게 많을수록 좋은 것이라고 생각했다. 이를테면 선호하는 음식부터 영화는 어떤 장르를 좋아하는지, 여행할 땐 다채로운 경험에 중점을 두는지 아니면 예쁜 숙소나 먹거리를 중요하게 생각하는지까지. 그럼 한 사람이 힘들게 맞춰 줄 필요도 없고 마찰이 일어날 일도 거의 없을 테니까 말이다.

하지만 제법 다른 게 많았던 사람과도 '마음'이 통해서 행복했던 기억이 많다. 사소하지만 배가 고파지는 시점이나 힐링이 필요해지는 시기가 비슷할 때, 오래 줄을 서서 기다려야 하는 맛집을 둘 다 미련 없이 돌아섰을 때 마음이 잘 통해서 더욱 우리를 하나로 만드는 것 같았다. 취향이 다른 건 서로 존중해 주거나 맞추려고 노력해야 하지만, 이렇게 마음이 통하는 순간은 노력으로도 만들어 낼 수 없어서인지 더 행복하게 느껴졌다.

살면서 가장 어려운 일은 그런 사람을 만나는 게 아닐까. 짐작하지 않아도 마음을 알 수 있는 사람. 당신은 나와 다르게 소주보다 맥주를 좋아한대도 때가 되면 야식을 먹으며 함께 술 한잔하는, 마음이 잘 통하는 사람. 계획 하나 없이 무작정 여행을 떠나자는 말에도 즐거울 수 있는 사람. 그런 사람이라면 같은 게 많지 않아도 충분히 행복할 수 있을 것 같다.

사랑을 지켜 낼 줄 아는 사람을 만나고 싶다. 아주 작은 것부터 관심을 가져 주는 사람. 내 마음을 억지로 부리거나 다루는 게 아니라 자발적으로 움직이게 하는 사람. 더해지는 익숙함 속에서 당연함은 뺄 줄 아는 사람. 힘든 일을 털어놓으면 열 가지의 정답을 말해 주는 것보다 고개 한 번 끄덕여 주는 사람. 아무 말 없이 알아주길 바라는 게 아니라 알 수 있도록 자주 사랑을 말해 주는 사람. 오랜 시간이 지나도 변하지 않는 마음을 보여 주는 사람. 나 또한 관계를 지켜 내고자 노력하고 싶게 만들어 주는 사람. 이런 태도와 마음을 가진 사람에게 마음을 건네고 싶다.

✳ ✕ ✦

녹아드는 사람

서로 잘 지내자고 시작한 관계가 어느 순간부터 내가 애쓰지 않으면 금세 기울어질 것 같고 혼자 마음을 낭비하는 것 같을 때, 그래서 일방적으로 아플 때, 상대방을 이해하던 것이 이제는 단념하는 것처럼 느껴질 때, 더 이상 속 얘기를 꺼내 봤자 좋을 게 없을 거라는 생각이 들때 관계는 끝이 났다고 생각한다. 관계는 함께 만들어 가는 것이지, 혼자 희생하는 것만큼 무의미한 일이 또 있을까. 아무리 좋은 기억이 많다 해도 그 사람과의 미래가 헷갈린다면 미련 없이 끊어 낼 수 있어야 한다. 때로는 하루빨리 덜어 내는 게 좋을 때도 있다는 것. 마음 맞는 사람은 얼마든지 만날 수 있다는 것. 이제는 처음에만 신경 쓰다 흐려지는 관계에 여지를 두기보다는 내 하루에 녹아들어 주는 사람에게 더 많은 마음을 주고 싶다.

내가 좋은 사람이 되기 위해선

삶은 이런 사람과 나아가야 한다. 사소한 일에도 쉽게 화내거나 한계에 달하면 포기하기 바쁜 사람이 아니라, 긍정적인 마음으로 웃음을 비쳐 내는 사람. 크고 작은 불행에도 깊게 어두워지지 않는 사람. 기분에 따라 태도가 흔들리지 않는 성숙한 사람. 때로는 조금 쓰라릴지라도 옳고 그름을 솔직하게 말해 주는 사람. 함께하는 시간이 길어져도 변하지 않는 사람. 이런 사람과 함께 나아간다면 나도 더 좋은 사람이 될 수 있겠다.

함께일 때

당연했던 것들이 당연하지 않게 느껴질 때

사랑하는 사람과 함께 사는 것에 대해 지인에게 물었습니다. 매일 같이 있으면 그만큼 많이 다투진 않는지, 그런 시간을 흘려보내는 비결이 있는지, 꼭 잘 맞는 사람을 만나는 게 좋은 건지. 대답은 생각했던 것과 비슷했습니다. 사람은 살아온 환경이 모두 다르기 때문에 성격이나 가치관도 다를 수밖에 없지만, 비슷할수록 잘 맞는다고. 다툼을 대하는 방식이나 생활에서 겪는 어려움을 이겨 내는 방법이 크게 다르지 않다면 잘 지낼 수 있을 거라고.

하지만 이런 사람을 만나는 건 어렵고, 찾아다닌다고 해서 쉽게 찾을 수 있는 것도 아닙니다. 다르다고 사랑하지 않을 수 있는 것도 아니고요. 같은 집에서 자란 게 아닌 이상 아주 사소한 것부터 다를 수밖에 없으니 결국 그걸 극복해 내는 게 사랑이지 않던가요.

밥을 먹을 때 TV를 보며 먹는지 대화하며 먹는지. 설

거지는 바로 하는지 조금 쉬었다가 하는지. 신발장에 신발을 꺼내 놓는지 신을 때만 꺼내서 신는지까지. 이처럼 서로 다른 세계가 만나 부딪치며 맞춰 가고 이해하고 노력하면서 동시에 내게 부족한 부분을 채워 가는 것. 내겐 너무 당연했던 것들이 당연한 게 아니었다는 걸 느끼는 순간 차근차근 함께 발맞춰 걸어간다면 거창한 행복 없이도 재밌게 지낼 수 있을 것 같습니다. 그런 사람과 함께라면 모든 게 다르더라도 오래오래 사랑할 수 있을 것 같습니다.

곁에 둘 사람

　살아가면서 가까이 두고 의미를 새겨야 하는 건 겉보기에 근사한 물건이나 반짝이는 보석이 아니라, 가진 게 없는 나를 멀리하지 않고 그 빈틈을 채워 주려고 노력하는 사람이다. 내가 겪은 일들을 털어놓으면 귀찮게 여기더라도 매번 들어 주고 공감해 주는 사람. 새삼 말 한 번 더 걸어 주는 사람. 내 아픔을 늘어놓더라도 짐스럽게 여기는 것이 아니라 다가와 안아 주는 사람. 대단한 걸 하지 않아도 함께 걷는 길이 심심하지 않도록 웃음을 주는 사람이다. 이처럼 든든한 내 편이 있다는 건 삶을 버텨 내는 이유가 되고 어떤 것보다 가치 있는 의미가 되어 준다. 애정이 없으면 불가능한 것들을 해 주는 사람. 그들이 곁에 있다면 삶은 점점 아름답게 흐를 테다.

시간이 지날수록 관계에서
바라는 점이 없어진다.
언제 만나도 어색하지 않고
편안함을 주는 관계.
오랫동안 크게 달라지는 것 없이
안정감 있는 관계.
가끔 힘이 들 땐 적당한 거리에서
나를 지켜봐 주고
존재만으로 위로가 되며,
딱히 의미 없는 대화로도
즐겁게 시간을 축낼 수 있는 관계.
그런 사람, 그거면 될 거 같다.

�֎ ✕ ✛

Part 4.

스치면 인연
　　　스며들면 사랑

내게 웃음이란

사랑하는 사람의 웃는 모습을 보는 게 내가 웃는 것만
큼이나 좋다. 그 모습을 보고 있으면 두 배는 더 사랑스러
워 보이고 황홀하기까지 하다.

반달 같아지는 눈과 조금 벌어지는 입술, 위로 올라가는
입꼬리가 모여서 꾸며 내지 않은 진실한 감정을 보여 준다.
빛나는 보석보다 따듯한 미소 하나가 더 감동을 준다.

누군가를 사랑할 때 굳이 이유를 찾으려 하지 않지만,
웃는 모습을 바라볼 때 내 마음이 가장 시끄러워진다. 말
하지 않아도, 나를 보며 예쁘게 웃어 주는 것만으로도 충
분히 사랑이 될 수 있다. 웃음은 내게 그런 것이다.

내 마음도 여실히 전해질 수 있다면 주름이 생기더라도
개의치 않고 늘 웃음 짓는 사람이 돼야지. 환하게 웃기 바
빠 얼굴이 구겨져도 그것으로 말미암아 내 삶도 훨씬 밝아
지기를 바라야지.

얼마나 사랑하냐면

　서로 다른 사람들이 만나 오랫동안 사랑하면 꼭 한 번은 듣는 말이 있다. 그건 바로 점점 닮아 간다는 말이다. 누군가를 사랑하면 그 사람과 함께하는 시간이 많아지고 대화도 많이 하니까 자신도 모르게 말투나 행동이 닮아 가는 것이다. 사랑이라는 게 어떤 모양인지 알 수 없지만, 내가 당신의 어리광스러운 예쁜 말투나 나긋한 걸음걸이를 따라 하는 건 내가 보여 줄 수 있는 사랑의 모습이다. 그런 사소한 부분까지 닮고 싶은 만큼이나 당신을 사랑하고 있다는 뜻이다.

당신 덕분에

꽃은 기념일이나 생일같이 특별한 날에 건네는 것이라고 여겼었다. 그래서 가끔 단순히 예쁘다는 이유로 꽃을 사는 사람들을 보면 나와 참 다르다고 생각했다.

이를테면 당신이 그랬다. 봄이 왔으니까 꽃을 사고, 예쁜 꽃병을 발견했다며 꽃을 사고, 어느 날은 예고 없이 내게 꽃을 선물해 주는 사람이었다. 그런 당신을 만나러 가는 길에 처음으로 길거리에서 파는 꽃을 샀다. 예쁜 포장지나 큰 바구니에 담긴 으리으리한 건 아니지만 이걸 받아 들고 활짝 웃어 보일 당신을 생각하니 아주 좋은 기분이 들어 괜스레 포장지 한번 매만져 본다.

당신 덕분에 꽃을 좋아할 이유가 하나 생겼다.

예뻐 보이고 싶으니까

너랑 같이 밥 먹을 땐 잘만 하던 젓가락질도 엉성해진 다? 음식을 입에 넣는 것부터 오물오물 씹는 것까지 새삼 어색하고 신경 쓰여. 틈틈이 생기는 정적에 체할 것 같은 느낌도 들고. 그런데도 꼼꼼하게 후기 읽어 가며 맛집 찾아 내서 밥 먹자고 부르고 싶고, 그걸 맛있게 먹어 주는 모습만 봐도 배부르고 좋아.

반찬 집다가 여기저기 흘리는 거 보고 젓가락질 못한다고 놀려도 괜찮아. 얼마 먹지도 않고 체해서 소화제를 먹어야 한대도 상관없어.

이런 걸 자꾸자꾸 바라는 건 널 많이 좋아해서 그래. 다른 사람이랑 밥 먹을 땐 안 그래. 좋아하는 사람 앞에선 가끔 익숙했던 행동이 어색해지기도 하고, 밥 먹는 모습도 예뻐 보이고 싶은 거잖아.

사랑이 느껴지는 순간들

　바쁘게 흘러가는 하루지만 나를 위해 잠시 멈춰 서서 시간과 마음을 써 줄 때. 사소한 일상도 하나하나 말해 줄 때. 햇빛이 밝고 상쾌한 날씨도, 선선하게 부는 바람도, 평소라면 쉽게 지나쳤을 것들이 행복이 될 때. 나에 대한 마음을 행동으로 보여 줄 때. 아프면 달려와 주는 당신을 마주할 때. 내가 아주 작은 일로 쉽게 무너져도 포기하지 않고 응원해 줄 때. 가볍게 했던 말도 오랫동안 기억하고 있을 때. 가까이 지내는 사람들에게 나를 자랑할 때. 나의 하루를 궁금해할 때. 사랑한다고 말할 때. 수많은 다툼 속에서도 이별은 생각하지 않을 때.

우리가 사랑일 수 있는 건

나와 다른 점이 참 많은 사람이다. 배가 고파지는 시기부터 휴식을 취하는 방법, 연락을 주고받을 때 메시지를 선호하는지 통화를 좋아하는지 등등. 그럼에도 우리가 사랑일 수 있는 건 서로에 대한 존중을 끊임없이 노력하기 때문이지 않을까. 꼭 하나의 모습으로 물들어 가기보다 때로는 한 걸음 떨어져서 이해해 주는 마음으로부터 사랑이 시작되는 거니까.

사랑이라는 건 참 낭만적이다.
평생 모르고 살 수 있었던 사람이
가장 잘 아는 사람이 된다는 점에서.
그런 사람 곁에 머무를 수 있다는 점에서.
그리고 그것을 멈추지 않는다는 점에서.

＊ ✕ ✛

행복 중에 으뜸

행복 중에 으뜸은
소소한 행복인 것처럼
작지만 소중한 마음을 좋아한다.

식탁 위에 수저를 올려 주는 마음.
걷는 속도를 맞춰 주는 마음.
고맙고 미안한 것을 표현해 주는 마음.
누군가를 생각하며 선물을 고르는 마음.

이렇게 작은 마음일수록
은근하게 따뜻하고
자연스럽게 전해지는 법이다.

알아 달라고 소리 내는 법이 없고
몸에 배어 있는 거라서 꾸며 낼 수도 없으니까.
그래서 더 감동스러운 게 아닐까 싶다.

한때 유행이었던 '사랑은 돌아오는 거야.'
라는 말이 요즘 들어 부쩍 생각난다. 사랑
을 주면 더도 말고 덜도 말고 사랑으로 돌
아온다는 말. 그래서 요즘 삶이 힘들고 버
거워하는 사람을 응원하고 위로하는 것에
무척 진심이다. 어쩌면 그 위로가 부메랑
처럼 내게 다시 돌아오지 않을까 해서.

✳ ✕ ✦

별안간에

　저녁에 산책하러 나갔을 때였어. 단골 카페에서 커피 한 잔 사고 근처 공원으로 갔지. 이른 저녁이라서 아이들과 동네 어르신들까지 제법 많이 모여 있었어. 나도 벤치에 앉아서 휴대폰이나 만지작거리며 쉬고 있는데 갑자기 빗방울이 떨어지는 거야. 처음엔 아니겠지 싶었는데 또 한 방울 떨어지는 거 있지. 공원에 있던 사람들이 분주해지고 나도 냉큼 엉덩이 털고 일어나서 빠른 걸음으로 걸었어. 하필 스웨이드로 된 재킷을 입었거든. 가로등에 비치는 빗방울이 점점 굵어지는 거 보니까 마음은 조급해지고, 횡단보도 신호는 왜 이리 안 바뀌나 싶더라고.

　근데 말이야, 별안간 그 사람이 생각나는 거야. 비 소식이 있을 때마다 내가 항상 우산 챙기라고 일러 줬던 사람이. 이제 곧 일 마치고 돌아올 시간이라서 이대로면 그 사람도 비를 맞을 텐데. 빨리 집에서 우산 챙겨다가 우연인 것처럼 역으로 데리러 갈까 생각이 들더라고.

"산책하다가 지나는 길인데 괜찮다면 같이 쓸래?"

"오늘 바쁘지는 않았어? 고생 많았네."

이런 일회용 담소도 나누지 않을까. 어쩌면 기약 없는 저녁 약속을 할지도 모르고. 대충 핑곗거리가 될 만한 우연을 생각하면서 서둘러 집에 도착했는데, 야속하게도 비는 그치고 말았어. 스산한 바람만 불어 대고 말이야.

참⋯, 이런 게 사는 거지 싶더라. 뭐든 계획대로 될 리 없고 머리로 생각하는 것과 나란히 포개어지지 않는 현실. '차라리 산책을 안 했으면 비 오는 것도 몰랐을 거고, 그럼 이런 아쉬움도 없었을 텐데.' 같은 쓸머리 없는 후회. 스웨이드 재킷의 한쪽 어깨가 젖는 것쯤 아무렇지 않았는데, 정말. 결국 계단에 앉아 애꿎은 하늘이랑 신나게 눈싸움만 하고 집에 왔어.

그 사람은 별안간 비가 왔다는 걸 알고 있을까?

내 삶은 내가 사는 거니까

한 주의 피로를 푸는 방법은 여러 가지가 있겠지만, 나는 주로 금요일 밤에 영화나 드라마를 보며 떡볶이를 먹는 것으로 푼다. 스트레스를 푸는 데에 매콤한 것만큼 좋은 게 또 있을까. 그런 의미에서 떡볶이는 내게 아주 중요한 역할을 해 주는 하나의 소울푸드이자 휴식이며, 그만큼 진심인 음식이었다.

꽤 오래전에 있었던 일이다. 어느 연예인의 일상을 찍는 프로그램을 보면서 저녁을 먹고 있을 때였다. 공교롭게도 부산의 한 식당에서 저녁을 먹는 장면이었는데 메뉴는 다름 아닌 떡볶이였다. 화면 속에는 붉은색을 띠는 국물이 가장자리까지 넘칠 듯 차 있고 두툼한 가래떡이 참 먹음직스러웠다. 밥을 먹고 있었음에도 침이 고일 정도였다. 그의 말로는 저곳이 부산 떡볶이 맛집 3곳 중 한 군데라던데. 앞서 말했듯 떡볶이에 진심이니까, 먹어 보지 않고서는 못 배길 것 같아서 친한 동생과 함께 짧은 일정을 꾸려 부산으로 떠났다.

휴게소를 세 번이나 들러야 할 만큼 먼 곳이었지만 맛집의 떡볶이를 먹는다는 것에 신나고, 어딘가로 떠나는 것도 마찬가지로 설레는 일이었다. 모르긴 몰라도 제법 기분 전환이 됐나 보다. 끝날 기미가 보이지 않는 도로를 달리는 동안 마치 거창한 계획 없이 자유로운 여행을 하는, 영화 <모터사이클 다이어리>의 주인공이 된 것 같았달까. 우리가 좋아하는 노래를 몇 번씩이나 반복해서 들으며 달려도 지루하지 않은 시간이었다.

누군가는 그렇게까지 먹어야겠는지, 이동하면서 쓸데없는 돈과 시간을 낭비했다고 말할 수도 있다. 그러나 저마다 시간을 보내는 방법도 다를뿐더러 그 가치 또한 다르게 기억되니까 무엇을 했든 간에 즐겁게 보냈다면 낭비했다고 할 수 없지 않을까?

한때 시간은 기다려 주지 않으니 관리를 잘해야 한다는 말을 조금 막막하게 받아들였었다. 어디부터가 의미 있는 거고 어디부터가 부질없는 것인지 알 수 없었다고 해야 하나. 하지만 조금 다르게 해석해 보자면, 내 삶은 내가 사는 거니까. 내 시간은 전부 내 것이니까. 마음 가는 대로 하고 싶은 거 하면서 즐겁게 살라는 말도 될 것이다. 가끔 이렇게 충동적으로, 때로는 안 하던 것도 해 보면서 말이다. 어쩌면 후회가 남지 않는 시간을 보내려면 의미 있는 것과 부질없는 것의 기준에서 머뭇대지 않는 게 가장 중요한 건지도 모르겠다.

이제는 한참 지난 일이 됐지만 지금도 가끔 그때가 생각난다. 집에만 있는 뜨뜻미지근한 날이라든가 친구들과 함께하는 여행 중 유독 게을러지는 날. 어쩐지 일상이 애련하고 막막하다고 느껴질 때. 음식이 나오자마자 손과 입이 바빠지던 모습이, 정신없이 먹느라 대화에 소홀해졌던 모습이, 어묵이 담겨 있던 그릇에 파 건더기만 떠다닐 때쯤 한바탕 웃던 생기 있는 우리의 모습이 떠오른다. 이제는 더 이상 화면 속의 장면이 아닌 내 기억 속의 한 장면으로 남아 있다.

—

며칠 전 늦은 밤, 동생의 전화를 받고 집 앞으로 나갔다.

"형 여기 떡볶이 좋아하잖아. 생각나서."

여자 친구와 거제도 여행을 갔다가 돌아오는 길에 생각 나서 사 왔다는 말에 왠지 코끝이 찡해졌다. 사소한 것이 지만 사소하다고 말하는 것이 편치 못할 정도로 마음이 예뻤다. 사소해야만 풍길 수 있는 애틋함, 손에 들린 검은 봉지에서 어렴풋이 드러나는 그의 애정, 많이 먹으라고 큰 것으로 사 왔다는 말과 따듯하진 않으나 온기는 남아 있 다는 말이 좋았다.

그때를 회상하며 떡볶이를 베어 문다. 매콤하면서 달콤 한 나의 소울푸드. 누군가의 마음과 가치 있는 추억이 깃 들어 있다. 즐겁고 의미 있었던 것을 앞에 두고 '너 좋아 하잖아.', '너 좋아할 거 같아서.' 이런 표현을 자주 써 주 고 싶다는 생각을 하며 깊어 가는 밤을 보냈다.

고등어조림

고등어조림 좋아하시나요. 큼지막하게 토막 낸 고등어에 무와 양념을 넣고 폭 조리면 밥도둑이 따로 없습니다. 가시 발라 먹는 게 번거로워서 생선은 잘 안 먹는 편인데 고등어조림만큼은 어릴 때도, 청소년 때도, 성인이 돼서도 좋아합니다.

제가 군인이 되고 첫 휴가 때입니다. 출발 전날 어머니께서 뭐가 먹고 싶냐고 물어보셔서 고등어조림이 먹고 싶다고 했습니다. 나는 조림을 좋아하는데 어머니는 대부분 튀겨 주셔서 이번만큼은 조림이 먹고 싶다고 했습니다.

탱글탱글한 고등어 속살을 칼칼하게 매운 국물에 찍어 먹고 부드럽게 익은 무와 밥 한술 뜨면, 타지에서 고생하는 설움도, 막막한 군 생활도, 특별한 이유도 없이 혼내는 선임 병사의 말도 다 버텨 낼 수 있었습니다. 아들이 뭐라고 아침부터 부랴부랴 장 봐 와서 하필이면 손이 많이 가는 조림을, 또 무슨 정신으로 하셨는지. 이제는 늠름하고 의젓한 어른이 돼서 다 버텨 낼 수 있었던 거라 생각했는데.

그날 먹었던 고등어조림이 부쩍 생각나는 밤입니다.

낙서

인사동에 있는 어느 찻집에서 볼펜으로 적어 놓은 낙서들을 읽어 보고 있었다. 검은색, 빨간색, 파란색, 크고 작게 새겨 놓은 문장들과 갖가지 재밌는 그림들. 그중에서 한 글귀가 유독 눈에 띄었다.

'영원은 바라지 않을게요. 함께하는 동안이라도 실컷 사랑하게 해 주세요.'

사랑을 바라는 걸 봐서는 연인이 분명하고, 이제 막 사랑을 시작한 풋풋한 때인 것처럼 느껴졌다. 무턱대고 큰 욕심을 바라지 않는 것에서 느껴지는 진심과 간절함. 그 따듯한 마음에 살그머니 미소가 머금어진다.

부디 말처럼 영원하진 못해도 실컷 사랑하라고. 함께하는 시간 동안 꼭 행복만 하길 바란다고. 속으로 내 마음을 건넨 뒤 김이 모락모락 나는 모과차를 호호 불었다.

한때 내 사랑의 마음은 어떤 모양이었는지 이제는 기억에서 사라진 것들이 많다. 나도 모르게 너무 많은 욕심을 부리진 않았을까. 그때의 내 진심은 그 사람에게 가닿았을까. 어떤 간절함을 안고 사랑했나. 실컷 사랑은 했던 걸까. 더 해 주지 못해 아쉬웠던 사랑과 생각만으로도 목이 메는 사람. 뒤돌아보면 꼭 후회나 미련만 남아 있을 것 같은 시간들.

생각해 보니까 나도 낙서 하나 할 걸 그랬다. 그 사랑 응원한다고.

스치면 인연

그런 거 있잖아.

이미 봤던 영화지만

몇 번이고 또 봐도 지루하지 않고

어떤 음식은 너무 좋아해서

하루 세 번을 먹어도 또 생각나는 거.

내가 너를 자꾸 찾는 거

심심해서 그런 거 아니야.

좋아해서 그렇지.

봐도 봐도 또 보고 싶으니까.

바라보다

어느 책에서 보는 것과 바라보는 것은 다르다고 했어요. 바라본다는 건 시선을 떼지 않고 공들여 바로 본다는 의미라면서.

저는 자주 당신을 바라봤습니다. 얕은 바람에도 이쪽에서 저쪽으로 흔들리는 꽃을 바라보듯이, 천천히 내려오는 눈송이를 바라보듯이요. 지금 어떤 옷을 입고 있는지, 어떤 반찬을 먹는지, 어떤 약이 늘었고 드라마를 보는 표정은 웃고 있는지, 혹은 표정이 없는지. 때때로 메마른 등을 보이며 잠을 자는 모습을 바라봤고 비어 있는 당신의 방을 바라보기도 했습니다. 어릴 때는 오고 가는 계절처럼 무심히 보던 것들인데 요새는 종종 우뚝 멈춰 서게 만듭니다. 가만히 침잠해 보니 점점 변해 가는 것들이더라고요. 예전엔 모양새가 제법 예뻤던 것들인데.

이제는 당신의 낡은 옷에 꿰맨 흔적이, 녹이 슬어 있는 당신의 우산이, 줄어 가는 표정이 제 마음을 이리저리 일렁이게 합니다. 아무래도 속절없이 흐르는 세월 속에서 붙잡아 놓을 수 있는 건 없나 봅니다. 나이가 들수록 시간이 빠르게 느껴지는 건 소중한 것을 추억하느라 자주 멈춰 서는 동안, 시간은 기다려 주지 않아서인가 봅니다.

스치면 인연

쌈지 속 낭만

"꿈이 뭐였어?"

유치원 때, 초등학교 입학할 때쯤 장래 희망 같은 거 말이야. 나는 과학자가 되고 싶었어. 흰 가운을 입고 알 수 없는 색색의 액체로 이것저것 실험하는 모습이 너무 멋있어 보였거든. 이유는 그저 단순했지만 처음으로 가져 본 꿈이어서 그런지 마음가짐은 순수했고 의연했어. 그런데 점점 나이가 찰수록 현실과 닿으면서 꿈은 흐지부지, 복잡하게 생각만 하다가 좋아하는 것도 못 하면서 살고 있는 것 같아. 지킬 건 많아지는데 포기해야 할 것도 많아지고. 머리숱이 줄어드는 만큼 걱정은 늘어나고. 어릴 때 다부졌던 그 마음 참 멋있었는데.

톱니바퀴처럼 매일 똑같은 일상을 살면서 지치고, 때론 버거워도 으레 잊지 않았으면 해. 쌈지 속에 낭만 하나 있다는 거.

반짝이는 순간들

1. 아침에 맡는 커피 향
2. 캐모마일 차에 자몽 청을 곁들이는 것
3. 내 방 한쪽 벽에 장식해 둔 신발들을 바라보는 것
4. 알람은 꺼 두고 자고 싶은 만큼 자는 것
5. 선물 받은 향수를 뿌리는 것(정확히는 향에 묻은 기억을 떠올리는 것)
6. 처음 보는 책에서 마음에 드는 문장을 발견했을 때
7. 써 보고 싶은 글이 생겼을 때
8. 허리까지 오는 갈색 재킷
9. 스팀다리미를 막 끝낸 청바지를 입는 것
10. 엄마가 해 놓은 부추전을 먹는 것
11. 금요일 새벽, 떡볶이를 먹으며 영화 보기
12. 손깍지
13. 키스

어쩐지 무기력한 날에는 이런 소소한 것들이 내 기분을 책임져 주기도 한다. 아주 작고 하찮은 일에 눈물이 날 것 같다가도 향에 묻어 있는 그날의 기억이, 내게 잘 어울리는 옷이, 아침에 마시는 커피와 우리가 맞잡은 두 손이 영락없이 나를 행복하게 만든다. 의식하지 않고 살고 있지만 아무렴 우리에겐 그런 반짝이는 순간들이 있다.

우리 며칠 전에 같이 밥 먹었잖아.
나 걷는 거 싫어하는데
횡단보도를 두 번이나 건너가면서.

그날 음식이 너무 맛있어서 좋았고
돌아오는 길에 여러 번 이야기할 정도로
날씨까지 완벽했어.

그냥 밥 먹고 걷기만 했을 뿐인데
왜 그렇게 좋았을까.
분명 날씨가 좋아서만은 아니었을 거야.

✳ ✕ ✛

마음을 떼어 준다는 것

소리 내어 말하지 않아도 사랑한다는 걸 알 수 있는 순간들이 있다. 자연스럽게 흘러나오는 마음이 느껴지는 순간들. 이를테면 상대를 이해시키려고 하기보다 먼저 이해하려고 하는 모습. 내키지 않더라도 원하는 것을 곧잘 같이 해 주는 모습. 비 오는 날 우산이 한쪽으로 치우쳐져 있는 모습 같은 것들.

내가 느꼈던 사랑은 이처럼 마음이 느껴지는 순간들이다. 이게 별거 아닌 것 같지만 자신이 원하는 것, 바라는 것보다 상대방의 입장을 헤아리고 마음을 떼어 준다는 건 정말 사랑하지 않으면 할 수 없는 일이니까. 사랑은 증명하려 노력할 때보다 마음이 닿아 있다는 걸 느낄 수 있게 해 줄 때 비로소 더 뚜렷해지고 굳건해진다. 무엇보다 그렇게 가닿은 감정일수록 마음속에 더욱 오래도록 남는다.

사랑하는 사람과 함께 늙어 간다는 건
참 낭만적인 일이다.
오래도록 같은 방향을 보며 걷고
나란히 발자국을 남기고

빠르게 변하고 옅어지는 세상 속에
변하지 않는 뚜렷한 마음이 있다는 게
얼마나 행복한 일인가.

나이가 들면 예전만큼
예쁘고 멋있지는 않겠지만
주름진 모습도 예뻐하면서
서로를 바라보며 지내자.
그렇게 오래도록 살자, 우리.

장대비 같은 마음

요즘 부쩍 비가 잦습니다. 바람도 제법 사납게 몰아치고요. 이 비가 그치고 나면 정말 계절이 바뀌려는가 봅니다.

저는 글을 쓰는 것 외에 커피 내리는 일을 하고 있습니다. 직업 특성상 이런 날씨엔 손님이 없을 거라 생각하는데 매번 바쁜 나날을 보냅니다. 아마도 옷이 젖어 찝찝하고 불편해지기 전에 안으로 피하려는 거겠지요.

한때는 그칠 줄 모르고 내리는 비처럼 끊임없이, 큰마음을 몰아치듯 건네는 사랑을 하던 때가 있었습니다. 그리고 그것이 행복이라고 믿었습니다. 저 또한 그런 사랑을 받고 싶어 했고요. 하지만 내 옛사랑들도 과연 같은 마음이었을까, 문득 생각이 듭니다. 나를 사랑하는 사람이니까 내가 건네는 마음이라면 다 좋아할 것이라 여긴 건 아니었나. 크면 클수록 좋은 게 아닌가. 나는 사랑이라고 생각했던 일이 그들에게는 고통이었을 수도 있고 불편했을 수도 있었겠구나 싶은 겁니다.

이제는 생각을 바꿔 봐야겠습니다. 내가 큰 사랑을 건넬 수 있다고 해도 상대방이 받아들일 준비가 돼 있지 않다면 결국 부담이고 독이 될 수 있다는 것. 사랑은, 갑자기 열어젖힌 커튼 너머의 햇살처럼 쏟아 내는 것이 아니라 무리하지 않게 조금씩, 급하지 않게 천천히 하되 선명해야겠다고요. 어쩌면 장대비 같은 마음이 부담스러워서 안으로, 안으로, 피하려 할지도 모르니까요.

스치면 인연

그 사람만의 향기를 맡는 것

누군가를 진심으로 사랑하다 보면
흔치 않게 겪는 일이 있다.
그건 바로 뜻하지 않은 곳에서
그 사람만의 향기를 맡는다는 것.
사무실에서 일을 하다가도, 길을 걷다가도
다른 사람에게선 맡을 수 없는
그 사람의 향기가 스치듯 지나갈 때가 있다.
그럴 때마다 바쁘더라도 잠시 멈춰서
그 사람을 생각하곤 한다.
예전에는 사랑하는 사람과 함께할 때
더없는 행복을 느꼈는데
이제는 함께하지 않을 때도
내 일상에 스며 있다고 생각되면
더욱 사랑처럼 느껴지고 행복해진다.

사랑이란

사랑이란, 삶의 이유가 되는 새로운 의미를 갖는 것이다. 숨 쉬는 것처럼 자연스럽게 물들고 필요로 하며 자제할 수 없는 것이다. 그림자가 짧은 대낮에도 생동감 있는 꿈을 꾸게 하며 두려움에 낙심하는 시간을 미소 짓게 만드는 것이다.

사랑을 받는다는 건, 짧고 길게 스쳐 가는 이름 중에서 '우선'이 아닌 '유일한' 존재가 되는 것이며 받는 것보다 줌으로써 완성되는 것이다.

곁을 내주는 조건 없이, 보상을 기대하지 않는 사랑을 하자. 무엇 하나 망설이게 하지 않는 마음을 귀히 여기자. 때로는 넘어지고 하찮은 것에 상처받아도, 삶을 갈망하는 만큼의 마음으로 포용하자. 포장되지 않은 마음일수록 참답고 특별하여 흠잡을 것 없겠다.

진심을 향한 용기

예전엔 사랑이라는 감정에 내가 가진 모든 패를 보여 주는 사람이었다. 진심은 반드시 가닿을 것이고, 그것이 훗날 아쉬움이나 미련 같은 뒤탈이 없었으니까. 하지만 시간이 지날수록 너무 뜨거워지는 마음을 자제하고 억누르는 일이 많아졌다. 행복한 순간을 온전히 누리고 느끼는 게 아니라 뒤에 오는 공허함과 잔잔해질 감정이 두려워 억지로 가라앉히는 것이다. 그러나 이런 것도 결국 앞선 감정이 있기에 느낄 수 있는 잔향 같은 거다. 어쩌면 나는 걷는 게 두려워 일어서지 못하고, 악몽이 무서워 눈 감지 못하고, 진심 없이 사랑하려 하는 건 아닐까. 명심해야 한다. 마음을 막아서지 않아야 한다. 발을 떼지 않으면 아무것도 가질 수 없다.

사랑해

사랑해, 보고 싶다.

이런 말들을 시도 때도 없이 하다 보면 어느 순간부터
는 새삼스럽게 느껴진다. 하지만 이런 표현을 건넬 수 있다
는 것 자체로 너무나 큰 축복이고 행복이라는 것을 안다.
마음을 전하는 데에는 이처럼 새삼스러운 표현만큼 좋은
것도 없지 않을까. 익숙하면서도 특별한 사람에게, 새삼스
럽지만 동시에 새삼스럽지 않은 이 행복을 자꾸자꾸 말해
주자.

사랑해, 보고 싶다.

꿈과 목표를 향해 앞으로 나아가는
멋진 사람이 되기를 바랍니다.

당신이 겪은 과정과 달려온 발자국이
아름답게 보이는 때가 올 거예요.

당신만 단단하면 됩니다.
멋져요. 힘내요.

✳ ✕ ✧

✳

마치며

칼바람이 부는 코로나 시기에 저의 글쓰기는 시작됐습니다. 다니던 회사는 휴업 상태였고 외부 활동이 점차 잦아들던 때에 처음으로 삶이라는 걸 돌아봤습니다. 잊고 살던 것과 놓치고 있는 건 무엇인지, 나는 어떤 감정을 가지고 살아왔고 살고 있는지에 대해서 깊게 생각하는 시간을 가졌습니다.

처음엔 휴대폰 메모장에 솔직한 내 감정을 꺼내 놓기 시작했습니다. 마음 깊은 곳에서부터 인양해 오는 감정들이 낯설게 느껴지기도 했고 이미 지난 감정을 마주하는 것이 무척 힘들기도 했습니다. 어쩔 땐 불안하고 두려웠던 순간을, 어쩔 땐 슬픔과 좌절하던 때에 감정을 되새김질해야 했기 때문입니다.

하지만 지금까지도 이렇게 글을 쓰고 있는 이유는, 마음속에는 비단 어두운 것만 존재하지 않는다는 걸 알게 됐기 때문입니다. 내가 살아온 시간 속에는 즐거움과 사랑도 있었고 행복한 순간, 용기 내서 도전했던 일도 있었습니다.

여전히 하얀 화면에 솔직한 것들을 꺼내 놓는 건 어렵지만 이 책을 통해서 여러분에게 즐거움과 행복, 공감과 위로를 드릴 수 있다면, 더불어 자신과 마주할 용기를 건넬 수 있다면 저는 조금 더 솔직해질 수 있을지도 모르겠습니다.

저의 글을 읽어 주신 당신께 진심으로 감사의 말을 전합니다. 앞으로도 틈틈이 마주하는 희망을 적어 내겠습니다.

응원해 주세요. 그리고 응원합니다.

무엇이든 해낼 당신에게

1판 1쇄 인쇄 2024년 03월 14일
1판 1쇄 발행 2024년 03월 20일
1판 2쇄 발행 2024년 04월 11일
1판 3쇄 발행 2024년 05월 10일
1판 4쇄 발행 2024년 12월 11일

지 은 이 남상훈

발 행 인 정영욱
편집총괄 정해나
편　　집 박소정
디 자 인 차유진

펴낸곳 (주)부크럼
전　화 070-5138-9971~3 (도서기획제작팀)
홈페이지 www.bookrum.co.kr
이메일 editor@bookrum.co.kr
인스타그램 @bookrum.official
블로그 blog.naver.com/s2mfairy
포스트 post.naver.com/s2mfairy

ⓒ 남상훈, 2024
ISBN 979-11-6214-482-4 (03800)